CB | CULTURBOOKS

MARIA KJOS FONN
KINDERWHORE

AUS DEM NORWEGISCHEN VON GABRIELE HAEFS

Gärtnerstraße 122, 20253 Hamburg
Tel. +49 40 31 10 80 81
info@culturbooks.de
www.culturbooks.de

First published by H. Aschehoug & Co. (W. Nygaard) AS, 2018
Published in agreement with Oslo Literary Agency

Die Übersetzung wurde mit finanzieller Unterstützung
von NORLA publiziert.

NORLA
NORWEGIAN LITERATURE ABROAD

Übersetzung: Gabriele Haefs
Redaktion: Zoë Beck, Jan Karsten
Herstellung: Klaus Schöffner
Satz: Dörte Karsten
Umschlaggestaltung: Aina Griffin
Umschlag: Carolin Rauen
Porträtfoto: © Tine Poppe
Druck und Bindung: CPI – Clausen & Bosse, Leck
Printed in Germany
Erste Auflage 2019
ISBN 978-3-95988-106-7

FÜR ERIK

I want to be the girl with the most cake
I fake it so real I am beyond fake
I love him so much it just turns to hate
Someday you will ache like I ache.

COURTNEY LOVE, Doll Parts

TEIL I

Mamas Handschuhe waren aus Leder, sie fühlten sich an wie ihre Haut. Sie waren weich, mit ein paar kleinen Falten. Ich versuchte mir vorzustellen, sie seien blass, mit Fingernägeln und Adern. Ich war sieben Jahre alt, es war Vormittag, Mama schlief. Ich nahm einen der Handschuhe, ging raus in die graue Luft, es war windig, aber der Handschuh lag warm in meiner Hand. Wenn ich mich konzentrierte, glaubte ich, ihren Puls durch das Leder zu spüren. Wir gingen zum Laden, durch Baustellen und Auspuffgase und Nebel, ich kaufte am Kiosk ein Rosinenbrötchen, aß es in der nassen Luft, während ich den Handschuh in der anderen Hand hielt. Ich hatte Krümel im Gesicht und ließ sie vom Handschuh wegwischen. Es war Samstag, und Mama und ich gingen zusammen durch den Nebel.

Mama war totaler Fan von einer Frau, die mehr schrie, als dass sie sang, die eine Stimme wie Sandpapier hatte, und diese Stimme schnitt in mein Herz und rieb daran. Courtney Love war mein Wiegenlied. Auf Bildern posierte sie mit Lippenherpes und Wimperntusche wie Spinnenbeine, sie trug rosa Kleidchen, manchmal waren sie tief ausgeschnitten, manchmal hatten sie einen großen Kragen, wie ein Puppenkleid, sie hatte zerzauste Haare, roten Lippenstift und rote zugedröhnte Augen. Wenn Mama abends ausging, zog sie sich an wie Courtney Love, kurze rosa *Kinderwhore*-Kleider, Schuhe mit Knöchelriemen, kräftiger Lidstrich. Sie sah aus wie eine Katze, die stolz eine Maus im Maul trägt. Ich blieb in meinem Zimmer und starrte an die Decke. Ich nahm das Nachtbuch heraus, es lag in der Nachttischschublade und hatte ein Schloss, als ob es Mama interessieren würde, in meinen Sachen herumzuschnüffeln. Dort schrieb ich: »Es war einmal ein Mädchen, das hatte zwei Feinde, die Ängstlich und Traurig hießen, und es legte sie in eine Dose unter das Bett und wollte nie mehr an sie denken. Aber nachts scharrten Ängstlich und Traurig in ihrer Dose, so sehr, dass das Bett bebte, und das Mädchen konnte nicht einschlafen, und wenn es doch einschlief, machte ihm das bebende Bett Albträume.« Nachdem ich das geschrieben hatte, legte ich mich hin, und die Decke zitterte, und das Bett zitterte, und ich lag ganz still mit offenen Augen da. Am Ende schlief ich ein. Am Ende schläft man immer ein, aber bis zum Ende kann es lange dauern.

Ich weiß noch, wie ich zum ersten Mal versuchte, mein Herz auszuschalten, ich saß vor dem Fenster und wartete darauf, dass Mama nach Hause kam. Ich wollte nicht blinzeln, denn dann würde ich sie wegblinzeln, davon war ich fest überzeugt. Die Häuser, die Wohnblocks und die Menschen verschwammen, und alle Umrisse zerliefen zu Wasserfarben, wenn ich schwächer gewesen wäre, hätte ich eine Entschuldigung dafür gehabt loszuweinen. Schließlich blinzelte ich und dachte, jetzt hätte ich alles ruiniert. Ich blieb einfach sitzen und starrte hinaus in den Abend, der dunkler wurde, und auf die Autos, die weniger wurden, irgendwann waren fast alle Lampen in den Nachbarblocks verloschen. Und dann ging die Tür auf, und ich hörte auf dem Gang das Klappern von hohen Absätzen.

Bist du so spät noch auf?, fragte Mama.

Ich bin die Nachtwache, sagte ich.

Sie lächelte. Ich durfte in ihrem Bett schlafen, aber ich lag einfach nur da und starrte an die Decke, als ob ich noch immer auf etwas wartete.

Ich mochte den Geruch von frisch verlegtem Asphalt. Barfuß den sonnenwarmen Hang runterzugehen und Glasscherben, Kieselsteinen, Zigarettenstummeln auszuweichen. Die Blocks von Veitvet schliefen wie immer, während ich eine Art Traum war, der versuchte, von hier zu fliehen. Oft begegnete mir ein Kätzchen. Es strich sich an den Wänden entlang, klein, schwarz und leicht wie ein Schatten. Ich lockte es. Miez, Miez, komm her. Es kam zu mir. Rieb sich an meinen Beinen. Schnurrte. Die Ohren waren weich und steif zugleich, ich kraulte es hinter dem einen. Katzen waren in den Wohnblocks verboten, und außerdem wäre es anstrengend für mich, noch jemanden füttern zu müssen, aber ich stellte mir vor, dass diese Katze irgendwie mir gehörte. Sie gehörte mir eine halbe Stunde am Sommerabend, wenn ich sie aufhob und an meiner Brust ruhen ließ und die weichen Pfoten an meinem Herzen spürte.

Eines Morgens zu Hause war ich sicher, dass es mich nicht gab. Oder es gab Mama nicht. Eine von uns musste eine Lüge sein. Sie kam aus dem Schlafzimmer und ging ins Bad und aus dem Bad ins Schlafzimmer, direkt an mir vorbei. Wieder und wieder. Ich presste mir die Nägel in die Handflächen, ich war da, das merkte ich doch. Sie kam wieder aus dem Schlafzimmer, Haare und Körper und Gesicht sahen aus, als ob sie sich voneinander lösen würden. Ich stellte mich vor sie. Sie trat einen Schritt zur Seite, aber ich war schneller, egal in welche Richtung sie ging, ich stand schon da. Ich wartete darauf, dass sie mich bat, sie vorbeizulassen, aber sie sagte nichts, starrte einfach auf die Badezimmertür.

Lass den Scheiß, Charlotte, sagte sie endlich.

Ich blieb stehen, versuchte ihren Blick einzufangen, sie trat einen Schritt zur Seite. Dann ging sie an mir vorbei ins Bad.

Escada. Der Parfümflakon stand im Bad und war gelb und mit Blümchen bedruckt. Er roch süß, er roch nach Sonne, er roch nach Mama, die im Hinterhof den Rasensprenger einschaltete und vom Balkon aus zusah, wie ich hindurchsprang. Er roch froh, er roch nach heute gibt es warmes Essen, er roch nach bald ein neuer Vater. Ich schmuggelte den Flakon unter meinem Pullover in mein Zimmer und sprühte den Duft übers Kissen. Ich schlief ein, während die frohe Mama sozusagen neben mir lag, mir über die Haare strich und sagte, dass wir in die Ferien fahren würden. Die anderen in der Klasse fuhren nach Mallorca und Griechenland und Spanien. Wenn Mama einen besonders guten Tag hatte, sagte sie, dass wir das auch schaffen würden. Wenn wir etwas mehr Geld hätten. Wenn sie einen neuen Freund hätte. Ich schlief zum Duft von Escada ein, als ob ich meinen Kopf an Mamas Wange geschmiegt hätte.

Das Geräusch der Tafel. Der Geruch eines trockenen, stinkenden Schwamms. Die Schule war mein Versteck, mein Zufluchtsort. In den Pausen dribbelte ich mit den Jungs auf dem Schulhof oder saß mit Fahima auf der Treppe und erklärte ihr, wie es auf der Welt zuging.

Du hast keinen Vater, sagte Fahima, und bei ihr klang es wie ein Vorwurf.

Wovon redest du da?, fragte ich. Ich habe viele, du hast nur einen. Schau mich an, ich muss nicht warten, bis sie mich nerven, ich kriege einfach immer einen neuen, aber du hast die ganze Zeit nur den einen alten.

Fahima nickte, wir waren acht Jahre alt, und ich hatte wie üblich recht.

Die anderen aus der Klasse fingen schon an zu weinen, wenn sie nur vom Klettergerüst geschubst wurden, oder sie freuten sich, wenn ihnen jemand eine Lüge erzählte und behauptete, sie hätten die Rechenaufgabe richtig gut gelöst. Wir hatten Müllsammeltag, und ich trug einen weißen Plastikhandschuh, ich sah zu, wie die anderen zertretene Kippen und Schulmilchkartons aufsammelten. Ich begriff nicht, wozu das gut sein sollte, es kam doch die ganze Zeit neuer Abfall dazu. Ich sah Lisa an, sie hatte Wellen in den Haaren, ihre Mutter machte ihr jeden Tag neue Locken. Ich hob ein Schokoladenpapier vom Boden auf, mein Handschuh bekam schmutzige Erdflecken.

Du hast aber die Haare schön, sagte ich und strich mit dem schmutzigen Handschuh darüber. Sie sah mich mit strahlendem Gesicht an.

Danke, sagte sie.

Ich zog die Hand zurück, spreizte die Finger im Müllhandschuh. In der großen Pause hatte sie sich die Haare mit einem Gummi zusammengebunden, jetzt ging sie herum und starrte auf den Boden.

Hallo, sagte ich, was hast du mit deinen Locken gemacht? Die waren doch ganz cool.

Sie sah mich an, rannte zum Klo. Mehr war nicht nötig. Ich bin stark, ich bin stark, ich bin stark.

Bei Fahima roch es nach Gewürzen: Curry und Zimt. Es roch nach dem schweren Parfüm ihrer Mutter, Jasmin, glaube ich. Ihre Mutter war rund, und wenn sie sich vom Küchentisch weg zum Spülbecken bewegte, mussten wir aus dem Weg gehen, damit sie vorbeikonnte. Sie kochte Chana Dal. Ich sah auf ihre Hände, sie waren grob, keine Puppenhände wie bei Mama, sondern Hände, die die Vorhänge wegzogen, wenn sie morgens aufstand, die Frühstück machten, die Fahima über die Wange streichelten und winkten, wenn sie zur Schule ging. Sie drückte auch mich an sich, ich wollte mich wegdrehen, sie hatte Platz für mich, das hatte ich nicht.

Ich wurde von Geräuschen aus Mamas Schlafzimmer wach. Ich ging zu ihr, sie weinte und sagte, sie sei so *verdammt allein*. Ich versuchte, ihre dünne Hand zu halten.

Der ist bestimmt eh ein Blödmann, sagte ich.

Er hatte einen guten Job, sagte Mama, und dann weinte sie noch mehr.

Ich ging in die Küche und schnitt ein paar Scheiben Brot ab und machte Kaffee. Mama blieb im Bett liegen und starrte an die Decke, als ich mit dem Frühstück kam.

Ich hab keinen Hunger, sagte sie.

Es geht ums Überleben, sagte ich.

Genau, sagte Mama, es geht um gar nichts. Alle hauen einfach ab. Ich werde allein sterben.

Ich bin hier, sagte ich.

Ich nahm Kaffeesatz, Küchenpapier und Bananenschalen aus dem Mülleimer, Mama hatte die Sachen einfach so weggeschmissen, ohne sie in eine Tüte zu stecken. Dann drehte ich den Mülleimer um und ließ alles in einen Müllsack fallen. Ich fegte Kaffeesatz vom Boden auf und trug den Mülleimer in die Dusche, kippte grüne Seife rein und ließ heißes Wasser drauflaufen. Ich goss das schmutzige Wasser ins Klo, wischte den Mülleimer aus und legte einen Müllsack rein. Ich wischte über den Küchentisch, durch die Küchenschränke, durch den Kühlschrank, überall waren Flecken von etwas, das ich nicht kannte. Genau wie Mama, dachte ich, sie hat ebenfalls Flecken, die ich nicht begreife.

Wenn Lena im Frisiersalon einen Job für Mama hatte, sah ich Mama häufiger als sonst. Die Schule war um zwölf Uhr zu Ende, und danach ging ich in den Salon.

Da bist du ja, sagte Lena, kleine Prinzessin.

Ich las in der *Elle. Ein guter Concealer ist das A und O beim Verdecken unerwünschter Flecken.*

Mama kam heraus, hallo, Herzchen, sagte sie, wie gut, dass du kommst, ich habe jetzt Mittagspause. Wollen wir mal sehen, ob wir es schaffen, deine Nägel in Ordnung zu bringen.

Ich legte meine Hände auf den kleinen Tisch, während Mama mir die Nägel feilte und Basecoat und Nagellack und Topcoat auftrug. Sie benutzte Nagelfeilen und Rougepinselchen und Haarbürsten. Ich bekam eine französische Maniküre, ich war hübsch wie eine Puppe, ich war die Stärkste in der Klasse und die Klügste; ich konnte malnehmen, rechnen, lesen, schreiben und jetzt außerdem »Concealer« buchstabieren. Auf dem Heimweg spiegelte ich mich in einem Autofenster. Ich sah meine Hände an, sah die Nägel an, die Mama spitz gefeilt hatte, kleine Prinzessin, ich kratzte an der Autotür, bis es ganz deutlich zu sehen war.

In der Norwegischstunde schrieb ich eine Geschichte. *Das Glasperlenmädchen.* Es war einmal ein Mädchen, das weinte zum letzten Mal. Es zog alle Tränen auf eine Kette, die Tränen waren klar wie Glasperlen. Tagsüber steckte es die Kette in die Tasche und schmuggelte die Perlen in die Ranzen und Kleider der anderen Kinder in der Schule, und alle weinten und mussten auf den Gang oder nach Hause, während das Mädchen nur dasaß, mit trockenen Augen, die rot wurden, aber niemals feucht.

Mette, meine Norwegischlehrerin, gab mir die Geschichte zurück und fragte, ob ich nach dem Unterricht noch einen Moment bleiben könnte.

Du schreibst ja sehr gut, sagte Mette. Du hast *Talent,* sagte sie, sie nickte, während sie das sagte.

Ich nickte auch. Das war ganz richtig. Ich hatte Talent. Ich sah zum Fenster. Ich wollte weg.

Nach der Schule ging ich ins Glückszimmer. Ich ging schnell und drehte mich mehrere Male um, aber ich war allein, niemand beobachtete mich. Ich sah das Schild an, das Schild, das die schönsten zwei Wörter sagte, die ein Mensch hören kann: BIBLIOTHEK GEÖFFNET. Ich ging rein, vorbei an alten Männern, die Zeitung lasen, und weiter zur Kinderabteilung. Hier und ab und zu in der Schule konnten meine Gedanken tanzen – hier gab es Welten, die nicht meine eigene waren. Plötzlich verirrte ich mich in einer Geschichte über Elfen oder Hexen oder lachende Blumen, ich verlor den Faden und wusste nicht mehr, wo es weiterging. Dann hörte ich das vertraute Klappern praktischer Damenschuhe, ich drehte mich um, und da stand Rita. Rita lächelte. Sie hatte schmutzigblonde Haare wie eine staubige Landstraße im Sommer. Sie trug eine Brille und keine Schminke und einen grauen Fleecepullover, und sie war die schönste Frau der Welt.

Hast du die *Brüder Löwenherz* aus?, fragte sie.

Ja, sagte ich.

Du liest schnell, sagte sie.

Ich lese nachts.

Hat dir das Buch gefallen?

Es war schön, sagte ich. Es gefällt mir, dass man in eine andere Welt kommt, wenn man stirbt.

Rita wurde ernst.

Denk dran, dass du mir alles sagen kannst, sagte sie.

Niemand sollte mich Mama wegnehmen, niemand sollte die Liebe wegnehmen, die ich von ihr stahl, wenn sie schlief, wenn ich ihr mit einem Lappen übers Gesicht strich und sie mich nicht wegschob. Ich konnte Rouge und Grundierung entfernen, aber wenn ich versuchte, über ihre Augen zu wischen, fuhr sie zusammen, also ließ ich es sein. Ihr Gesicht war ohne Schminke nackt, fast wie das eines Kindes, ich fuhr mit den Fingerspitzen darüber. Ihre Haut war so weich, dass es wehtat. Ich legte ihr die Hand aufs Herz und spürte, dass es schlug, ich fragte mich, ob es auch für mich schlug, wenigstens ein bisschen. Wenn die, die du liebst, schläft, hast du eine Chance.

Es kam kein neuer Vater. Mama zerbröselte wie eine Schlaftablette auf der Zunge. Nachthemd und Schminke und Haut waren eine Schale um etwas, das nicht da war. Bist du wach?, fragte ich. Nur ein bisschen, sagte Mama. Ich ging ins Bad, betrachtete mein Gesicht im Spiegel. Würde ich auch unter meiner Haut verschwinden? Ebenso weiß werden? Ich reckte mich vor dem Schrank und zog ihre Schminktasche heraus, darin waren alle Farben, alles, was sie rot lächeln und schwarz klimpern und blau zwinkern ließ. Ich verteilte die Creme im Gesicht. Sie sah aus wie eine klumpige weiße Masse. Ich dachte daran, wie wir in der Schule Gipsabdrücke voneinander gemacht hatten. Ich malte mir Lippenstift auf Mund und Wangen. Wenn Mama sich schminkte, wurde ihr krankes Gesicht weiß. Wenn ich mich schminkte, wurde mein Gesicht krank.

Mama zog die Vorhänge zu, damit kein Licht hereinkam, aber das Licht bahnte sich einen Weg durch die Ritzen. Ich ging raus und lief zu Fahima, ich hatte neue Schuhe, Mama hatte vom Sozialamt Geld für Frühjahrsschuhe bekommen. Fahimas Mutter hatte eine Schatulle über dem Fernseher, und ab und zu nahm sie zwei Zwanzigkronenstücke heraus und gab jeder eins. Jetzt könnt ihr euch was Leckeres kaufen, sagte sie, und ich fragte mich, wie viel wohl Fahimas Familie kostete. Wir fuhren eine Station mit der S-Bahn zum Linderud-Center und gingen sofort zu Brio. Fahima wollte Seifenblasen und Eis bei McDonald's, aber wir hatten nicht genug Geld, deshalb nahm ich mir eine Dose Seifenblasen und schmuggelte sie unter meinem Pullover raus. Wir kauften uns bei McDonald's jede ein McSundae und gingen an den alten Damen vor der Konditorei vorbei, die uns anlächelten, und weiter hinaus in die Sonne. Wir aßen das Eis auf dem Weg nach Hause. Fahima und ich liefen zwischen den Häuserblocks herum und machten Seifenblasen. Ich versuchte, von allem im Gehirn ein Echo zu erzeugen. Vom Seifengeschmack im Mund, wenn man blies. Von der Sonne, die in den Blasen schien, und von den Blasen, die alle Farben auf der ganzen Welt in sich trugen. Die hellsten und die dunkelsten. Sie platzten in der Luft und lösten sich auf. Sie platzten so schnell. Ich konnte das nicht ertragen.

Radiergummi. Papier. Bleistift. Davon bekam ich nie genug. Ich konnte etwas schreiben, konnte selbst entscheiden, was ich schreiben wollte, und wenn es mir nicht gefiel, konnte ich es ausradieren. In der Schule bestimmte ich. Ich konnte Geschichten schreiben über Monster, die das Sonnenlicht in Gläsern fangen, und über Kinder, die im Dunkeln herumtappen, um das Glas zu finden und zu öffnen. Oder ich stahl zu Hause einen blutigen Tampon aus dem Mülleimer, wickelte ihn in Klopapier, steckte ihn in eine Plastiktüte und ging zur Schule. Und als Lisa auf dem Klo war, stahl ich das Norwegischbuch aus ihrer Schultasche, nahm den Tampon aus der Plastiktüte und legte ihn zwischen die Seiten, sodass die Erklärung der männlichen und weiblichen Hauptwörter jetzt blutbefleckt war. Fahima stand vor dem Tisch Schmiere, während ich das machte, dann schob ich das Buch zurück in Lisas Schultasche. Als sie zurückkam, zog sie das Norwegischbuch heraus und schlug es an der Stelle auf, wo ein Faden heraushing. Alle schrien, und Lisa fing an zu weinen.

Mette sagte, ich sollte nach der Stunde noch bleiben. Sie seufzte.

Du bist doch so begabt, sagte sie. Weshalb benutzt du dein Talent, um andere zu quälen?

Ich will sie nur erziehen, sagte ich.

Das ist die Aufgabe der Eltern, sagte Mette.

Dann haben die das nicht gut genug gemacht, sagte ich.

Ich bestelle deine Mutter zu einem Gespräch, sagte Mette. Hast du dein Meldungsbuch dabei?

Nach der Schule ging ich in Mamas Zimmer, die Bettwäsche roch nach Tee, der wochenlang auf der Anrichte in der Küche gestanden hat, und legte Mettes Mitteilung auf den

Nachttisch. Mama schlief in einem Hemd mit dem Aufdruck *Carpe Diem.* Ihr Schlaf hatte Risse. Mama schien doppelt so lange wie andere zu schlafen, weil sie beim Schlafen nur halb so viel schlief. Sie sprach im Schlaf, warf sich hin und her, die Decke wurde schweißnass. Ich nahm sie weg und hängte sie zum Trocknen auf den Balkon, holte eine neue und wechselte den Bettbezug, während Mama schlief.

Am Tag, an dem sie in die Schule bestellt war, saß Mama am Küchentisch. Ihr Blick war wach, klar.

Dann sehen wir uns nachher, sagte sie, und ich hätte gern gewusst, was sie vorhatte.

Das Gespräch sollte um zwölf stattfinden. Mama war pünktlich. In Jeans. Nur leicht geschminkt. Mette goss Kaffee ein, Mama nahm die Tasse. Ihre Hände zitterten ein bisschen. Mette nahm ein Kleenex und wischte auf.

Ja, sagte Mama, und ihre Stimme zitterte. Ich höre, dass Charlotte andere Kinder schikaniert. Das ist echt blöd.

Charlotte ist sehr begabt, sagte Mette. Sie zeichnet sich aus, jedenfalls in Mathe und Norwegisch.

Wie gut, sagte Mama und lächelte. Sie bringt Bücher mit nach Hause und liest sie, fügte sie hinzu und lachte, ein wenig zu laut und ein wenig zu lange.

Im Norwegischunterricht kommt jetzt die Beugung der Verben dran, und ich meine, das ist zu einfach für Charlotte. Sie kann in der Stunde gern ihre eigenen Geschichten schreiben. Und sie kann das Mathebuch für die nächste Klasse bekommen, auf eigene Faust ein wenig damit arbeiten.

Mama lächelte, und ihre Hände, mit denen sie die Kaffeetasse hielt, zitterten nicht mehr. Drei Pillen und Mama wurde wie die anderen Mütter. Keine oder zehn und sie zitterte wie verrückt, und der kalte Schweiß brach aus, oder sie lag im Bett und schlief oder versuchte zu vergessen.

Aber dieses Mobbing ..., sagte Mette.

Ja, sagte Mama. Damit musst du aufhören, Charlotte.

Geht klar, sagte ich.

Bei mir zu Hause gab es für alles Routinen und feste Zeiten. Um 10.10: Guten Morgen, Norwegen. 13.55: Dr. Quinn. 14.45: McGyver. 17.30: Hotel Cæsar. 22.30: Alle lieben Raymond. Mama funktionierte nach zwei Stundenplänen, ich beherrschte beide. Der eine war die Pillenuhr. Die Pillen brauchten etwa eine halbe Stunde, dann wirkten sie für einige Stunden, dann brauchte Mama Nachschub. Wenn sie die Pillen genommen hatte, lächelte sie, drückte mich an sich, nahm Lebensmittel aus dem Kühlschrank, wenn wir welche hatten, und wir aßen. Käse, Brot, Süßigkeiten. Dann ging sie ins Bett, nahm vielleicht noch eine Pille, um schlafen zu können, und ich setzte mich zu ihr und sah sie an, fuhr mit den Fingern über die Konturen ihres Gesichts. Ich fragte mich, ob sie mir im Schlaf etwas sagen wollte, vielleicht, dass sie mich lieb hatte, aber sie gab nur ein undeutliches Gemurmel von sich. Einmal glaubte ich, dass sie meinen Namen genannt hätte, aber es konnte auch etwas gewesen sein, das sich so ähnlich anhörte.

Es gab einen Heiligabend, der anders war, ich war fast zehn. Mama war mit dem besten aller Väter zusammen, die ich je gehabt habe, Yassine. Er hatte ihr geholfen aufzuräumen und zu schmücken, und als ich aufwachte, war alles neu. Sie hatten Sterne ins Fenster gehängt. Mama trug keine Schminke, ihr Gesicht war nackt und ehrlich. Ihre Wangen wurden jedes Mal rot, wenn sie Yassine ansah. Sie hatten einen Plastikweihnachtsbaum aufgestellt, und Yassine machte Pitabrot mit Hummus, denn etwas anderes konnte er nicht. Wir tranken Weihnachtslimo. Zum Nachtisch gab es Reispudding, richtig schön angerichtet, in Schüsselchen. Ich fand die Mandel, und Yassine zog ein Geschenk hervor. Du machst doch deine Puppen immer kaputt, sagte er, also bekommst du etwas, das ein paar Tritte vertragen kann. Es war ein Fußball mit den Autogrammen der gesamten Nationalmannschaft. Damit können wir im Sommer spielen, sagte Yassine, und ich fragte mich, wie lange ein Sommer dauern kann. Ich bekam noch andere Geschenke, eine Schminkpuppe und Zeichensachen, und am Ende durfte ich Mama und Yassine zeichnen. Ich hatte Mama oft im Schlaf gezeichnet, aber nun lächelte sie, richtig lebendig. Bist du jetzt mein Vater?, fragte ich Yassine, und er lachte und sagte, wir seien jedenfalls eine Familie. Dann schrieb ich »Für Mama und Papa am schönsten Heiligabend aller Zeiten« auf die Zeichnung. In dieser Nacht blieb ich bis zum Morgen wach, ich hatte Ohrensausen, und die Welt war unwirklich, aber ich wusste, dass alles verschwinden könnte, wenn ich zuließ, dass der Tag aufhörte.

Der Heiligabend dauerte ein Jahr. Yassine ging mit mir zum Eishockey, ich sah zu, wie er mit seinen Kumpeln trainierte, danach trainierten wir. Auf dem Rückweg kauften wir Kakao, meine Hände waren kalt, und die Tasse war heiß, der Geschmack erfüllte mich mit etwas, das meine Brust so warm werden ließ, dass ich dort drinnen zu schmelzen glaubte. Der Frühling kam, und wir tricksten mit dem Fußball auf dem Hinterhof, ich kannte Hunderte von Tricks. Von Mama hatte ich eine Menge nützlicher Sachen gelernt. Meine Gefühle in eine Dose zu legen und meine Tränen in ein Marmeladenglas. Von Yassine lernte ich Balltricksereien.

Du bist ein feines Mädchen, sagte Yassine, und er umarmte mich, und ich wich nicht aus.

Im Juli fuhren wir in die Ferien. Yassine mietete einen Wohnwagen, und wir fuhren nach Schweden. Als wir nach Svinesund kamen, kauften wir mehrere Kilo Süßigkeiten, Mama sagte, es müsste Süßigkeitenläden nur mit Pillen für Erwachsene geben, und alle lachten. Ich bekam Eis und kleckerte ins Auto, und Yassine wurde sauer, und ich wurde traurig, aber auch froh, denn es bedeutete, dass das, was ich tat, etwas zählte. Yassine legte marokkanische Musik ein, Mama bewegte den Kopf, ließ ihre langen dunklen Haare tanzen. Als wir ankamen, schloss Yassine den Wohnwagen auf. Es roch muffig und nach Plastik. Ich sog den Geruch in mich ein.

Yassine brachte mir bei, im Meer Quallen zu fangen. Das seien die Schneebälle des Sommers, sagte er, man könne damit Leute bewerfen, die man ärgern wollte, sie waren glitschig und kalt. Yassine und ich wollten baden, ich spürte Tang unter den Füßen, das Wasser war kalt, und Yassine bespritzte mich damit. Wir lachten und schwammen zusammen hinaus. Ich tauchte mit dem Kopf unter Wasser, und die Welt wurde weich und verlor ihre Bezugspunkte. Ich schwamm aufs Land zu, und als ich wieder stehen konnte, nahm ich eine Qualle in die Hand. Mama lag auf dem Bauch und sonnte sich.

Jetzt müssen wir so still sein wie Gedanken, sagte Yassine.

Aber meine Gedanken waren überhaupt nicht still, sie lärmten jede Nacht so sehr, dass ich nicht schlafen konnte. Sie lärmten auch am Tag, während Mama in der Sonne döste. Ich schlich mich zu ihr und legte ihr die Qualle auf den Rücken. Mama schrie auf. Sie fuhr hoch. Die Qualle fiel auf das Handtuch, und Mama warf das Handtuch weg, dann lachte sie auch.

Ihr müsst das ... *Dings* wegschaffen, sagte sie.

Ich watete los und ließ die Qualle ins Meer fallen und schwamm hinaus, aber nicht um zu flüchten.

Zurück in der Stadt spielten wir Crash Bandicoot. Crash sollte Dr. Cortex ausschalten, und ich drückte, so fest ich konnte, auf den Knopf, ich stürzte mich auf ihn, ich bewarf ihn mit Kisten voller Sprengstoff, er sollte sterben, sterben, sterben.

Du musst ruhig bleiben, sagte Yassine, taktisch denken. Aber ich wollte nur gewinnen, und ich trat voll auf eine Kiste Dynamit, GAME OVER. Mama kam ins Wohnzimmer, sie trug ein Nachthemd, ihre Haare standen nach allen Seiten ab.

Ihr hättet mich wecken können, sagte sie.

Ich dachte, du wolltest schlafen, sagte Yassine.

Sie ging in die Küche, kam zurück und sah uns an.

Charlotte, sagte sie, kannst du nicht draußen spielen oder so?

Wir sind mitten in einem Spiel, sagte Yassine.

Genau, sagte Mama, das dachte ich mir schon.

Sie ging die Treppe hoch und stand erst wieder auf, als es Abend geworden war.

Eines Tages, als ich aus der Schule nach Hause kam, hörte ich durch die Wohnzimmertür einen Streit. Ich blieb auf dem Gang stehen, nahm eine Mütze vom Haken, sie roch nach nasser Wolle und Yassine, ich nahm den Geruch in mich auf. Der Regen war durch meine Schuhe und Socken gedrungen, ich zog sie aus und stand barfuß auf dem kalten Boden, und Yassine kam heraus und wollte mich umarmen, ich wich aus.

Da. Weg. Da. Weg. Ich sah Mütter mit ihren Kindern spielen, sie hielten sich die Hände vors Gesicht und nahmen sie wieder weg. Die Kinder lachten, sie hielten es für ein Spiel.

Mama trank nicht so oft, aber wenn, dann richtig. Als ich aus der Schule kam, war mir klar, dass sie zum Alkoholladen gegangen sein musste, und in gewisser Hinsicht war das ein Fortschritt. Sie nahm zwei Pillen als Vorspeise, und dann kam der Wein.

König Alkohol, sagte sie. Endlich ein Mann, der treu ist.

Nach einer halben Flasche fing sie an, Yassine anzurufen, dreimal. Er ging nicht ans Telefon.

Kannst du nicht einfach anrufen und eine Nachricht hinterlassen, damit er zurückruft?

Sie schleuderte das Telefon weg:

Ich bin so einsam, dass ich nicht einmal Leute habe, die ich im Suff anrufen kann!

Sie nahm noch eine Pille und einen Schluck aus der Flasche.

Vielleicht sollten wir schlafen gehen, sagte ich, es ist spät.

Aber Mama ging in die Küche und öffnete noch eine Flasche. Sie trank konzentriert und entschlossen. Carpe diem. Dann sank sie in sich zusammen. Ich fand, es sei jetzt genug, und nahm die Flasche.

He, sagte Mama.

Sie versuchte aufzustehen, fiel aber zurück aufs Sofa. Ich ging in die Küche und wollte den Wein in den Ausguss kippen, aber dann kam mir plötzlich eine bessere Idee. Ich hob die Flasche an den Mund und trank einen Schluck. Ich trank noch einen und noch einen, und die Welt wurde wärmer. Ich lehnte mich ans Spülbecken. Das ist mein Ding, dachte ich, das kann ich. Ich trank mehr, und der Boden wiegte mich wie eine Mutter. Ich hatte das Gefühl, Mama jetzt viel besser zu verstehen.

Sie lag im Wohnzimmer auf dem Sofa und starrte vor sich hin.

Charlotte, sagte sie, wo ist der Wein, hat der mich auch verlassen?

Ich beugte mich zum Tisch vor, und auf einmal musste ich kotzen.

Großer Gott, Herzchen, sagte Mama, bist du betrunken?

Sie stand auf. Ich sank auf dem Sofa zusammen, und sie wischte die Kotze vom Couchtisch, mit etwas unsicheren Bewegungen, aber ansonsten ziemlich zielstrebig und effektiv. Sie nahm einen Lappen und wischte mir übers Gesicht, half mir in mein Zimmer und holte einen Eimer. Sie legte sich neben mich und streichelte meine Wange, bis ich eingeschlafen war; als ich aufwachte, lag sie immer noch neben mir, mir war schlecht, und ich hatte Kopfschmerzen, aber ich war nicht mehr elternlos.

Als Yassine fort war, meinte Mama, es habe keinen Sinn zu putzen, wo die Wohnung am nächsten Tag ohnehin wieder schmutzig sein würde. Es habe keinen Sinn zu essen, denn nach einigen Stunden sei man doch wieder hungrig. Und es habe keinen Sinn aufzustehen, denn man müsse sich ja sowieso bald wieder hinlegen. Sie hatte eine Erkenntnis gehabt, und während ich Wäsche wusch, Fertigmahlzeiten in der Mikrowelle warm machte und staubsaugte, lag sie im Bett und wusste alles besser. Ich fragte mich oft, wie es wohl wäre, das Leben schlafend zu verbringen, wie Mama, und in vieler Hinsicht konnte ich begreifen, warum sie sich dafür entschieden hatte. Sie bleibe auf diese Weise dünn, sagte sie, schließlich verschlafe sie die Mahlzeiten. Und Männer wollten kleine Frauen, dünn wie Papierpuppen, die sie ganz leicht aufheben und ganz leicht wieder wegwerfen konnten.

Ängstlich und Traurig lagen in der Dose, aber sie polterten unter meinem Bett herum. Das Bett bebte, und die Decke zitterte, und alles um mich herum zitterte ebenfalls. Warum schlägt mein Herz, warum atme ich, warum schwitze ich? Wütend war nicht in der Dose. Wütend war mein bester Freund, und ich schlug mit der Faust gegen die Wand. Ich stand auf und ging zu Mama rüber, ich sagte, ich kann nicht schlafen. Sie machte die Augen nicht auf. Ich stieß sie an, ich zog sie an den Haaren, sie drehte sich um und murmelte etwas im Schlaf, aber sie wachte nicht auf. Sie stahl meinen Schlaf, denn für jede Stunde, in der sie schlief, verlor ich eine. Es lag an den Dornröschenpillen. Ich öffnete ihre Nachttischschublade und fand Pillen mit einem roten Warndreieck auf der Packung. Ich nahm eine Pille und schluckte sie ohne Wasser herunter, sie schmeckte wie Pappe. Nach einigen Minuten verschwamm alles in meinem Gehirn. Ich ging in mein Zimmer, Ängstlich und Traurig schliefen tief. So leicht waren sie dazu zu bringen, mich in Ruhe zu lassen. Ich war zehn Jahre alt und hatte einen Weg gefunden.

Fahima und ich waren elf Jahre alt, wir mochten keine Seifenblasen mehr jagen und jagten lieber Jungs. Meistens hatten wir Regen oder Schneeregen, aber an diesem Tag schneite es richtig. Wir versteckten uns hinter dem Container auf dem Schulhof und bewarfen Kim, Salih und Abdul mit Schneebällen, wenn sie vorbeigingen, und kreischten übertrieben, wenn sie zurückwarfen. Wir rannten über den Schulhof, enttäuscht, weil sie nicht hinter uns herliefen. Ich nahm einen Schneeball und warf ihn Fahima in den Nacken. Sie heulte und warf ihn zu mir zurück, und ich stieß sie in den Schnee, um sie einzuseifen, aber plötzlich sah ich nur ihr Gesicht, die Schneeflocken auf den schwarzen Wimpern, die Lippen, die rot und von der Kälte aufgesprungen waren. Ich spürte eine Art Zittern im Körper, ich wusste nicht, dass Schnee so warm sein konnte.

Weißt du was, sagte ich zu Fahima. Dich hasse ich von allen Menschen am wenigsten.

Ich dich auch, sagte sie.

Wir fuhren mit dem Rad, wenn wir Jagd auf Jungs machten. Wir wollten für Momente etwas sehen: Sommersprossen, Oberarme, Haut. Wir beugten uns über die Lenker und fuhren zum Badesee, wo sie sich zum Baden auszogen, wir sahen blasse Bäuche. Wir ließen die Räder fallen, und ich zog mich aus, bis ich nur in Unterhose und T-Shirt dastand, Fahima trug schon einen BH, deshalb zog sie auch ihr T-Shirt aus. Ich lief zum Wasser, es war kalt, aber ich ließ mich hineinfallen. Schwamm weg von den anderen, auf die Sonne zu. Ich schwamm weg vom Geruch nach Schlaf und Nachtschweiß, schmutzigen Küchenlappen und Abfall, der längst in die Tonne gehört hätte. Ich musste die Augen zusammenkneifen, denn im grellen Licht sah ich alles ganz klar.

Ich schrieb eine Geschichte über eine Frau, die schwanger war, aber in ihr steckte eine Plastikpuppe. Die Plastikfüße schrappten am Bauch der Mutter entlang, und bei der Geburt wurde sie von innen her von scharfen Füßen und Händen aufgerissen. Die Mutter legte die Puppe in ein Regal und ging ins Bett. Wenn sie guter Stimmung war, wollte sie die Puppe manchmal schminken oder ihr Locken drehen oder sie anziehen. Danach warf sie sie auf einen Haufen schmutziger Wäsche im Bad und ging ins Bett.

Du schreibst über unheimliche Dinge, sagte Mette.

Ich lese viele Gruselgeschichten, sagte ich. Nachts.

Vielleicht solltest du etwas anders lesen, sagte sie.

Nach der Schule legte ich mich ins Bett. Ich las *Alice im Wunderland* und begriff, dass sie genau war wie ich: Sie fand Dinge mit der Aufschrift ISS MICH und aß sie, und wenn dort TRINK MICH stand, dann trank sie. Sie wurde größer und kleiner von allem, was sie zu sich nahm. Die Schlaftabletten machten mich high, wenn ich in der Wohnung herumlief, aber wenn ich versuchte zu schlafen, zogen sie mich runter.

Dieses viele Lesen, sagte Mama. Das hast du nicht von mir.

Von wem denn dann?, fragte ich.

Wieder fragte ich Mama, wer ist mein Vater?, und sie sagte, das Schönste kann aus dem Hässlichsten kommen. Mehr sagte sie nicht.

Ich bekam immerzu neue Väter, bei einigen erinnere ich mich nicht einmal an den Namen. Eines Nachts begegnete Mama mir auf dem Gang, sie schwankte. Sie ging in die Küche, und ich ging hinterher. Sie trank Wasser und nahm vier Tabletten.

Tut dir was weh?, fragte ich.

Irgendwie schon, sagte sie.

Der Vater, an dessen Namen ich mich nicht erinnere, kam zu uns.

Jetzt vergessen wir das Ganze, sagte er.

Nein, sagte sie. Geh einfach.

Wir saßen im trüben Licht des Küchenventilatorlämpchens, sie sah aus wie ein Gespenst, noch weißer als sonst, kurz davor, aus der Welt zu schweben.

Kann ich heute bei dir schlafen?, fragte sie.

Ich nickte, und sie legte sich neben mich ins Bett, sie zitterte und bebte wie ein kleines Kind. Ich legte den Arm um sie.

Ich bin hier, sagte ich, aber niemand war dort, wo sie war, das immerhin begriff ich.

Am nächsten Abend umklammerte sie die Kaffeetasse so fest, dass die Fingerknöchel weiß wurden, und starrte ins Leere. Der, an dessen Namen ich mich nicht erinnern kann, machte Spiegeleier. Er servierte Brötchen. Er umarmte Mama auf ihrem Stuhl von hinten, und sie wurde ganz steif, ehe sie nachgab und sich an ihn lehnte.

Ist schon gut, sagte sie, jetzt essen wir.

Wenn Männer etwas von dir wollen, sagte sie zu mir, als wir allein waren, dann lass ihnen ihren Willen. Wenn nicht, wird es nur schlimmer. Leg dich einfach hin.

TEIL II

Eines Tages, einige Wochen bevor ich zwölf wurde, stand Mama aus dem Bett auf und ging ins Badezimmer. Ich glaubte, sie wollte nur pinkeln, in die Küche gehen, sich einen Kaffee kochen und ein wenig in ihr Nachthemd weinen, das nach Schlaf und Angst roch. Aber stattdessen drehte sie die Dusche auf, und als sie herauskam, hatte sie sich ein Handtuch um Körper und Haare gewickelt und lächelte mich an.

In dieser Nacht lag ich wach und las. Ich wartete darauf, dass Mama mit jemandem nach Hause kam. Ein neuer Vater, der sie glücklich machen würde, genau das brauchte ich. Wenn Mama froh war, war ich froh.

Ich hörte, wie die Tür geöffnet wurde. Ich hörte Lachen. Ich las weiter. Ich hörte Geräusche durch die Wand, heiseres, klagendes Gejammer, als ob jemand einen Albtraum hätte. Ich stand auf, ging so leise zur Tür, wie ich nur konnte. Sie waren in der Küche. Mama kniete vor ihm und kehrte mir den Rücken zu. Sie bewegte den Kopf. Er atmete schwer, gequält. Ich sah ihn, und ich sah seine Augen, sie starrten direkt in meine, sein Gesicht verzerrte sich, vor Schmerz oder vor etwas, das genauso aussah. Das Gesicht sah nicht aus wie ein Gesicht, das Geschichten erzählen konnte, sondern wie ein Körperteil, feucht und rot, die Adern an den Schläfen stachen aus der Dunkelheit hervor. Ich starrte, und er starrte zurück, seine Augen leer, offen wie Münder. Ich wollte, dass diese Augen mich holten. Mich verschlangen. Mich jedenfalls nicht allein hier stehen ließen. Dann passierte etwas, sein Gesicht schien zu zerreißen, und er stieß einen Schrei aus. Ich stürzte in mein Zimmer, legte mich ins Bett, das Herz schlug in meinem Hals, als ob ich einen Vogel verschluckt hätte.

Sie schliefen, als ich aufwachte, ich ging ins Bad und sah in den Spiegel. Ich hatte schon häufiger gehört, dass ich schöne Augen hätte, sie waren hellgrün, hatten aber auch etwas Dunkles. Ich öffnete Mamas Schminktasche und trug Wimperntusche auf, sie klumpte, aber ich zerrieb sie mit den Fingern. In der Schule sagte Fahima: Großer Gott, sieh dir mal deine Augen an. Wir müssen anfangen, uns zu schminken. Du siehst ja aus wie ein Model. Oder deine Mutter.

Ich nickte. Fahima war Mama einmal begegnet, als ich sie mit in den Salon genommen hatte. Mama war damals gerade frisch mit Yassine zusammen, sie hatte ein warmes, rotes Leuchten auf den Wangen und hatte sich Nägel und Augenbrauen machen lassen. Sie gab uns Zeitschriften und Tee.

Was hast du für ein Glück, hatte Fahima gesagt. Wenn meine Mutter so wäre, würde ich mich nie wieder über irgendetwas beklagen, sie sieht ja aus wie die in den Zeitschriften.

Nach der Schule gingen wir ins Linderud-Center. Die Einkaufszentrumsmusik war voller Luft wie eine Kaugummiblase. Die Rentnerinnen saßen in der Konditorei und aßen Sahneschnittchen und Valium. Wir streiften durch die Kosmetikabteilung bei Cubus.

Du musst immer Nagellack haben, sagte ich. So kannst du am besten zeigen, dass du alles im Griff hast. Nagellack ist dermaßen überflüssig, dass du total überlegen sein musst, um Bock darauf zu haben. Du kannst in einer Pisselache liegen, aber wenn dein Nagellack perfekt ist, wirst du respektiert. Ich bin einmal auf Karl Johan einer Junkiefrau begegnet, ihr klebte braune Spucke in den Mundwinkeln, aber der Nagellack hatte keinen einzigen Kratzer. Die Straße gehörte ihr.

Woher weißt du das alles?, fragte Fahima.

Meine Mutter, sagte ich.

Auf unserer Fußmatte stand HOME SWEET HOME. Ich hatte den Verdacht, dass die Fußmatte das Letzte war, was Mama gekauft hatte, ehe sie aufgegeben hatte. Die Matte und ein *Carpe Diem*-T-Shirt. Ich ging in die Küche. Dort saß ein Kerl, ich erkannte ihn von letzter Nacht.

Hallo, sagte er.

Ich sah ihn an, sein Gesicht war weder rot noch schweißnass, seine Schläfen waren glatt.

Charlotte, sagte ich.

Jonas, sagte er.

Er war hübsch. Er hatte keine Flecken, keine Risse, nur ein offenes Gesicht. Er sah lieb aus, er sah wie der Vater aus, auf den ich seit Yassine wartete. Er drehte sich eine Zigarette. Mama kam herein, sie trug Hose und T-Shirt, es war seltsam, sie wieder ohne Nachthemd oder Ausgehklamotten zu sehen. Sie lehnte sich an ihn, zog an seiner Zigarette. Ich ging in mein Zimmer und legte mich ins Bett. Jetzt würde ich einige Monate lang einen Vater haben. Mama würde fröhlich sein. Sie würde Frühstück machen. Sie würde arbeiten. Einige Male würde sie ein wenig zu laut lachen, ein wenig zu steif lächeln. Sich an ihn klammern wie an einen Glücksbringer. Nicht begreifen, dass er umso schneller verschwand, je mehr sie klammerte. Dann würde sie ab und zu einen Weinkrampf kriegen – ich hasse dich, verlass mich nicht –, und dann, am Ende, würde er sie verlassen. Dann würde alles in unserer Wohnung wieder so sein wie vorher, nichts hätte sich geändert.

Ich ging mit Fahima nach Hause. Da war wieder der Geruch, nach Zimt und Kurkuma und Curry. Was wäre, wenn ich ein Zuhause hätte, das so roch? Und wenn ich jeden Tag umarmt würde und einen Kuss und Pausenbrote bekäme? Als ob ich das haben wollte. Natürlich nicht. Wir gingen in Fahimas Zimmer, und sie nahm die *Cosmopolitan* vom Nachttisch. *Bad Girl Kissing Tricks That Will Drive Him Crazy.* Dort stand, man solle damit anfangen, ihn sanft ins Gesicht zu küssen, überallhin, nur nicht auf die Lippen, dann ohne Zunge auf den Mund und an der Unterlippe saugen.

Sollen wir üben?, fragte ich.

Fahima nickte. Ich beugte mich zu ihr und küsste ihr Gesicht. Ich hatte nicht gewusst, dass Haut so weich sein konnte. Sie roch auch nach Gewürzen, aber anders als ihre Mutter, mehr nach Zimt. Ich schmierte ihr Lipgloss über das ganze Gesicht und musste lachen. Ich küsste ihre Lippen, biss sie in die Unterlippe, ich schob die *Cosmopolitan* weg und legte mich auf sie. In mir war ein heißes Gefühl, das ich noch nie gespürt hatte. Fahima hatte schon Brüste, ich legte eine Hand auf ihren Pullover.

Mein Gott, sagte Fahima, jetzt beruhig dich mal, aber sie lächelte.

Es wurde geklopft, wir schraken hoch und sprangen auf, so schnell wir konnten.

Möchtet ihr Limo, fragte Fahimas Mutter, und warum hast du Glitzer im Gesicht?

Wir haben bloß etwas ausprobiert, sagte Fahima. Die Mutter gab uns Coladosen, und wir sahen uns im Spiegel. Meine Haare waren zerzaust und mein Gesicht rot, Fahimas Haare waren zerzaust und ihr Gesicht rosa. Sie ging ins Badezimmer und wusch sich. Ich nicht, ich wollte die Wärme festhalten, solange ich konnte.

Als ich nach Hause kam, saß mir noch immer die Wärme in den Wangen, im Leib. Ich hatte etwas entdeckt, eine Kraft, sie durchströmte meinen Körper wie Elektrizität. Jonas saß in der Küche und rauchte, und ich setzte mich zu ihm. Kann ich mal ziehen?, fragte ich. Er sah mich an. Er *sah* mich an.

Es war die magische Kraft, die ich bei Fahima gefunden hatte, sie war dermaßen präsent, dass alle sie sehen konnten. Das geht nicht, du bist zu jung, sagte er. Nur einen Zug?, fragte ich. Er schüttelte den Kopf. Ich beugte mich vor und nahm ihm die Zigarette aus der Hand. Ich musste husten. Er stand auf und schlug mir auf den Rücken. Mama kam herein.

Was ist hier los?, fragte sie.

Charlotte hat versucht zu rauchen, sagte Jonas.

Dafür ist sie zu jung, sagte Mama. Vielleicht gehst du besser in dein Zimmer, Charlotte?

Ich nickte. Ich ging in mein Zimmer und legte mich ins Bett, dachte an mich und Fahima und wie weich Haut sein konnte, ich tat so, als wären meine Hände ihre Hände. Die Spannung in meinem Körper explodierte, dann gab es einen Kurzschluss, und ich blieb im Bett liegen mit dem warmen Gefühl, dass mein Körper *ganz* war.

Eines Abends ging Jonas zum Fußball. Mama saß vor dem Fernseher und rauchte, sie sah sich das Spiel auf dem Bildschirm an.

Siehst du ihn auf der Tribüne, fragte sie, siehst du ihn auf der Tribüne?

Nein, sagte ich, aber da sind sehr viele Leute, schwer, jemanden zu erkennen.

Mama schüttelte den Kopf.

Ich habe versucht, ihn anzurufen, er meldet sich nicht. Sie steckte sich eine neue Zigarette an.

Er ist ja auch beim Fußball, sagte ich. Was soll das denn, willst du ihn an die Leine nehmen?

Er kommt nicht zurück, sagte Mama, sie sank aufs Sofa, sie war grau im Gesicht, er kommt nicht zurück. Wieder griff sie nach ihrem Telefon. Ich nahm es ihr aus der Hand.

Du machst es nur schlimmer, sagte ich. Vielleicht solltest du eine Tablette nehmen und schlafen gehen?

Mama nickte. Lässt du ihn dann rein? Falls er kommt?

Ja, sagte ich, ich lass ihn rein.

Nach einigen Stunden ging ich zu ihr. Mama lag in dem rosa Kinderwhore-Kleid im Bett, sie schlief. Ihr Nachthemd lag neben ihr. Ich zog es zu mir, es roch nach Hautcreme und Escada. Ich rieb den Stoff, damit er wärmer würde, zog mich aus und das Nachthemd an.

Jonas stand im Gang. Er fuhr zusammen, als er mich sah.

Ah, sorry, ich dachte fast, du wärst – deine Mutter, sagte er.

Ich versuchte, ihn so anzusehen wie Mama, mit einem Lächeln, das zitterte. Er fuhr mir mit der Hand über die Wange, seine Hände waren rau auf meiner Haut.

Du bist ja eine Frau geworden, sagte er.

Er zog sein Handy hervor. Ich legte den Kopf schräg, dachte, dass ich mich spiegelte, das Telefon klickte. Eingefangen zu werden, dachte ich, in Erinnerung zu bleiben, was war der Unterschied, ob man bei jemandem in der Tasche lag oder im Herzen? In dieser Nacht konnte ich nicht schlafen. Ich wusste, dass ich etwas ausgelöst hatte, aber ich wusste nicht, was.

Mama schlief. Ich zog an ihr, um sie zu wecken, sie war gesund genug, um halbtags im Salon zu arbeiten. Lena erlaubte es. Mama packte meine Hand, drückte sie so fest, dass es wehtat.

Bist du das?, fragte sie.

Ich bin das, sagte ich.

Mama öffnete die Augen.

Ist er hier?, flüsterte sie.

Er ist in der Küche, sagte ich. Du musst aufstehen und zusehen, dass du zur Arbeit kommst.

Ich ging hinaus und sah Jonas an, der sich eine Zigarette drehte.

Darf ich mal ziehen?, fragte ich.

Na ja, sagte er und sah mich an. Warum nicht.

Eines Abends stand ich unter der Dusche, das Wasser lief an mir herab wie Tränen, und ich dachte an Fahima. Dann dachte ich an Jonas, und plötzlich machten meine Hände eigenwillige Dinge mit meinem Körper.

Das darf ich nicht denken, dachte ich, und dachte noch viel mehr daran.

Ich verließ die Dusche, als das Wasser kalt wurde und sah mein Gesicht im Spiegel, der ganz beschlagen war. Meine Haut war weiß und sauber, so ist es wohl, wenn sie nie berührt wird. Ich wollte in mein Zimmer, wickelte mich in ein Handtuch und ging hinaus. Dort stand Jonas.

Du bist so schön, sagte er. Du bist perfekt, weißt du das?

Nein, sagte ich. Ich bin nichts.

Ein perfektes Nichts, sagte er.

Ich zog mein Nachthemd an und ging ins Wohnzimmer, Jonas saß vor dem Fernseher. Ich setzte mich neben ihn. Er rutschte vorsichtig näher, fuhr mit der Hand über mein Schlüsselbein, dann in Richtung Brust. Mir wurde schlecht. Nein, dachte ich, nein, nein, nein. Ich lehnte den Kopf an seine Schulter.

Ich konnte nicht schlafen. Ich dachte an all das, wozu ich meine Hände gebracht hatte. Einmal waren Fahima und ich auf die Idee gekommen, Lisa in Klebeband zu wickeln. Wir holten Kim und Abdul dazu, sie hielten Lisa auf dem Schulhof fest, ich wickelte. Sie sah aus wie ein Pinguin, mit an den Leib gepressten Armen. Wir stießen sie zu Boden, und sie wand sich, wir standen im Kreis um sie herum, und alle johlten und schrien.

Und sie lachte. Sie lachte, während wir sie traten und sie nicht weglaufen konnte. Die Pausenaufsicht sah uns, aber Lisa lachte ja, nichts Schlimmes passiert. Ein Scherz. Kinderstreiche.

Wenn sie geweint hätte wie sonst, hätte ich nicht weiter daran gedacht. Aber dieses Lachen. Das war schrecklich.

Ich mochte Gott gern, weil er rund um die Uhr geöffnet hatte. Lass mich nicht allein hier mit Ängstlich und Traurig, betete ich. Bitte.

Zweimal. Es klopfte zweimal. Jonas kam herein, er setzte sich auf meine Bettkante und flüsterte:

Schläfst du? Ich schüttelte den Kopf. Er strich mir über die Haare. Ich schlafe nie, sagte ich. Er strich mir über die Wange.

Du bist schön, sagte er.

Ja, sagte ich, weil ich nicht wusste, was ich sagen sollte.

Er schob eine Hand unter mein Nachthemd. Das Nächste, was passierte, kann ich nicht sagen. Oder. Ich weiß nicht. Es gibt Dinge, die nicht gesagt werden können, weil sie eigentlich niemals *gefühlt* werden können.

Ich schwebte in einer Blase über dem Bett. Dort unten sah ich, wie er die Hände um meinen Hals legte, und ich dachte, ich müsste sterben. Ich hörte das Ticken der Wanduhr. Ich kam bis eintausendzweihundertundfünfundzwanzig Sekunden. Es war das letzte Mal, dass ich die Zeit irgendwie begriff.

Ich saß auf dem Klo, als ich das Blut entdeckte. Dunkel, fast schwarz, als ob ich eine entzündete Wunde zwischen den

Beinen hätte. Ich bin angesteckt worden, dachte ich und sah in den Spiegel. Ich glaubte, die Augen von Jonas zu sehen, der zurückstarrte.

Ich hab was Schwarzes in der Unterhose, sagte ich zu Mama.

Oi, sagte sie, du fängst aber früh an. Das da kriegst du dein ganzes Leben lang. Den »Fluch«. Das gehört dazu, Frau zu sein.

Ich ging in mein Zimmer, sah mein Gesicht im Spiegel über der Kommode. Frau. Fluch.

Damit war alles gesagt.

Ich hatte geglaubt, etwas über Schmerzen zu wissen. Aber der Schmerz, den ich jetzt spürte, fing zwischen den Beinen an, wanderte in den Bauch hoch und ließ meine Ohren rauschen. Mir war schlecht, aber ich konnte mich nicht erbrechen. Alles blieb in mir. Ich zog die Unterhose mit den Blutflecken aus. Als ich meine Oberschenkel sah, zog ich das Nachthemd nach unten. Sie waren nicht mehr meine, ich wollte das nicht sehen. Ich nahm die Unterhose, legte sie ganz unten in den Mülleimer, tief unter Zeichnungen und Schminkverpackungen. Auf dem Weg zur Schule warf ich die Tüte in den Müll. Ich hatte den Beweis vernichtet. Niemand konnte mich jetzt noch zur Rechenschaft ziehen.

In der Schule war mein Kopf stiller als sonst. Wie ein Telefon, wenn du anrufst und niemand antwortet und es einfach klingelt und klingelt. Oder das Ticken einer Wanduhr.

Charlotte, sagte Mette vorn an der Tafel. Steck dein Telefon weg. Hörst du überhaupt zu?

Mir ist schlecht, sagte ich und stand auf.

Es tat weh, über den Gang zu gehen, obwohl ich mir von Mama etwas Schmerzstillendes geklaut hatte. Ich schluckte. *Schmerz ist eine Entscheidung,* sagte ich zu mir. In der Toilette lehnte ich mich ans Waschbecken. Mein Mund war wie ausgedörrt, ich trank wie ein Kind, das einen ganzen Sommertag lang draußen herumgerannt ist. Ich schloss die Augen, um mich nicht im Spiegel sehen zu müssen. Warum hatte ich das getan. Warum hatte ich ihn zu mir gelassen. Und was würde nun geschehen. Ich schlug mit der Faust gegen die Wand. Ich spürte nichts. Nach der Pause hatten wir Sport. Ich musste etwas finden, das ich zerstören könnte.

Der Schmerz zwischen den Beinen rollte sich in einer Ecke zusammen, und ich lief. Ich warf mich gegen Markus aus meiner Klasse, ich dribbelte so hart, dass es aussah, als hätte jemand meinen Körper übernommen, jemand, der besser Fußball spielte als ich. Ich trat Markus gegen das Schienbein, stellte ihm ein Bein, und er stürzte. Ich hörte eine Trillerpfeife. Ich musste auf die Strafbank. Ich sah Aisha an, die hinten in der Verteidigung stand und sich nicht rührte, sie war sicher als Verteidigerin aufgestellt worden, weil sie so fett war, dass sie dem Ball auf jeden Fall den Weg versperrte. Ich sah Hintern und Oberschenkel, die bebten, wenn sie auch nur in Richtung des Balles watschelte. Es müsste verdammt noch mal verboten werden, so viel Körper zu sein.

Ich saß auf der Garderobenbank, während die anderen duschten. Fahima alberte mit einigen Mädchen herum. Was, wenn sie es mir ansehen könnten, wenn ich mich auszog. Aisha saß in ein Handtuch gewickelt hinten in der Ecke. Fahima kam nass zurück, ich nickte ihr zu. Fast alle waren gegangen, nur Aisha zog das Handtuch fester um sich herum und ging unter die Dusche. Ich nahm mein Telefon. Sie stand mit dem Rücken zu mir, mit ihrem fetten Arsch und der Cellulite, ich machte ein Bild und drückte auf *senden*. An drei Jungen aus der Klasse. Daran hätte sie denken sollen, ehe sie sich auszog und mir den Rücken zuwandte.

Du kommst mir ein bisschen komisch vor, sagte Fahima. Wir standen wieder in der Umkleide, ich trug Abdeckcreme auf.

Hä, sagte ich.

Du bist so weit weg, sagte sie. Und blass. Und du bist beim Sport so durchgedreht.

Ich hatte gestern Sex, sagte ich.

Machst du Witze?, fragte sie.

Nein, sagte ich.

Aber, sagte sie, mit wem denn?

Mit einem, der älter ist, sagte ich.

Sie sah mich an.

Die Art, wie sie mich ansah, gefiel mir nicht.

Wie war es denn?, fragte sie.

Na ja, sagte ich. Steif und kalt.

Wieso denn steif?, fragte Fahima.

Wir lachten.

Du bist verdammt noch mal verrückt, sagte sie. Siehst du ihn wieder?

Glaub schon, sagte ich. Ich hatte so ein Gefühl.

Nach der Schule gingen Fahima und ich ins Linderud-Center. Ich fand Einkaufszentren gut. Alles war sauber und weiß, man konnte Dinge und Tage gegen Plastik tauschen. Den Puppen fehlte der Kopf, und den Handschuhen fehlten Hände, und den Kindern fehlten Eltern. Ich hatte nicht das Gefühl zu stehlen, es war so schwer zu wissen, was mir gehörte. Fahima ging vor mir, ich sah auf die Senke in ihrem Kreuz, sie sah aus wie ein Lächeln.

Die Überwachungskameras fingen mich nicht ein. Ich fuhr mit der Hand über alles, hinter dem man sein Gesicht verstecken konnte. Ich wollte Nagellack in allen Farben, schwarz für den Mittelfinger. Und schwarzen Lippenstift. Mein Mund sollte aussehen wie ein Loch. Ich wollte aussehen wie ein Tatort. Danach, als wir mit der Tasche voller Schminke hinausgingen, ohne dass der Alarm muckste, liefen wir in die Fotokabine. Wir trugen schwarzen und lila Lippenstift auf und küssten uns gegenseitig ins Gesicht. Ich sah das Bild an, meine Wange hatte den Abdruck von schwarzem Lächeln.

Draußen steckte ich mir eine Zigarette an.

Wo hast du die denn her?, fragte Fahima.

Hab sie Mamas Typ gestohlen, sagte ich.

Ich zog den Rauch ein, ließ ihn in der Lunge ruhen, blies ihn aus. Ich gab Fahima die Zigarette, sie hustete und hatte Tränen in den Augen.

Ich muss nach Hause, sagte sie, und bei ihr hörte sich das so verdammt einfach an.

Fahima, sagte ich, ich muss dir was erzählen.

Es war früh dunkel. Der Atem stand ihr wie Rauch vor dem Mund.

Was denn?, fragte sie.

Ich schluckte.

Es gibt so ein Bild, das mir nicht aus dem Kopf geht, sagte ich. Es quält mich. Es verdrängt alles andere.

Was denn?, fragte Fahima.

Ich schluckte. Ich hatte Bauchweh. Mein Mund war wie ausgedörrt. Mir war schwindlig.

Was denn?, fragte Fahima noch einmal.

Aishas fetter Körper, sagte ich. Es müsste verdammt noch mal verboten werden, so fett zu sein.

Ich ging sofort in mein Zimmer. Die Wanduhr tickte, und ich ließ Courtney Love laufen. Die Stimme kratzte und schnitt: *I am doll eyes, doll mouth, doll legs. I am doll arms, big veins, dog bait.* Ich lag auf dem Bett. Die Decke war zusammengeknüllt. Sie roch nach Schweiß und etwas, das ich nicht beschreiben konnte. Ich hielt den Atem an, während ich das Bett abzog und alles zur schmutzigen Wäsche ins Badezimmer warf. Ich öffnete den Badezimmerschrank. Mamas Tabletten lagen in einem geöffneten Päckchen mit Warndreieck. Ich nahm eine und ging in mein Zimmer zurück, versuchte, von der Musik die Wände beiseiteschieben zu lassen. *Das da hat keinen Platz in mir,* dachte ich. Ich war dabei zu zerfallen, konnte meine eigenen Hände nicht mehr spüren. Die Tür ging auf.

Hallo, sagte Jonas. Ich hatte geklopft. Es gibt Kakao.

Ich will nicht, sagte ich.

Doch, du willst, sagte Jonas.

Ach?, sagte ich.

Wenn er wollte, dass ich wollte.

Es war halb eins, und er war nicht gekommen. Es musste ein einmaliges Geschehnis gewesen sein. Ein Missverständnis. Es würde nicht wieder passieren. Die Uhr tickte. Ich stand auf und nahm die Uhr von der Wand. Jetzt schlafen, er hatte sich geirrt, mich für Mama gehalten. Das war die Erklärung. Es klopfte zweimal. Ich sah die Uhr an, die auf der Kommode lag. Ich versuchte, im Kopf das Ticken nachzuahmen. Danach war ich nicht sicher, ob zwei Stunden oder eine Minute vergangen waren.

Ich hatte einen Geschmack auf der Zunge, den ich nicht wegschlucken konnte. Ich ging ins Badezimmer. Ich musste mir die Zähne putzen, aber als ich die Zahnbürste in den Mund schob, erbrach ich mich so heftig, dass mein Mund sich mit Kotze füllte. Nichts an mir gehörte mir. Nicht einmal mein Kopf. Ich nahm zwei Schlaftabletten und schluckte Zahnpasta hinunter. Der Geschmack blieb. Am nächsten Tag fuhr ich zum Supermarkt und kaufte eine kleine rosa Zahnbürste. »Für drei bis fünf Jahre« stand auf der Packung. Sie war so klein, dass ich mich nicht erbrach. Ich versteckte sie in einer Plastiktüte im Badezimmerschrank.

Mama hatte einen tüchtigen Arzt, der uns beide reichlich mit Schlaftabletten versorgte. Ich brauchte sie nachts, natürlich, aber auch tagsüber, denn ich hatte Schmerzen an einer Stelle, von der ich nicht wusste, wo sie war. Wäre es möglich zu schlafen, dachte ich, die ganze Sache zu verschlafen, mit achtzehn aufzuwachen zum Beispiel? Ich ging ins Bett, lag da und wartete, am Ende wurde zweimal geklopft. Ich nahm die andere Schlaftablette. Ich wollte einfach nicht dabei sein, wenn es passierte.

Danach lag ich zitternd da. Ich konnte den Schmerz ziemlich gut aussperren, aber es war so kalt, und die Schlaftabletten schmeckten bitter. Es klopfte. Er war wieder da. Ich versuchte, aus meinem Kopf zu schweben, aber er legte nur eine Decke über mich und stellte eine Tasse Tee auf den Nachttisch. Er setzte sich auf die Bettkante. Er streichelte mich.

Aber, aber, mein Herzchen. Das wird schon wieder. Versuch zu atmen.

Während der Stunde kam eine SMS. *Denke an dich. Deinen perfekten Körper. Denkst du auch an mich.* Ich konnte nicht mehr zuhören. Wieder. Wieder. Wieder. Am Ende schrieb ich: *Denke auch an dich.* Das stimmte doch.

In der großen Pause gingen Fahima und ich aufs Mädchenklo, um uns zu schminken.

Du musst auch auf den Hals Grundierung legen, sagt Fahima, sonst ist der Unterschied zu groß.

Ich zuckte mit den Schultern.

Wäre das so schlimm.

Ja, wäre es, sagte Fahima. Du schminkst dich sonst viel besser als ich, und plötzlich läufst du mit solchen Streifen durch die Gegend.

Ich sah mein Spiegelbild an. Ich schluckte. Ich gab Grundierung auf meine Finger und strich mir den Hals hinunter. Mein Puls schlug wie die Flügel eines eingesperrten Vogels. Ich werde erwürgt, ich werde erwürgt. Jonas' Hände drücken auf meinen Kehlkopf. In meinem Kopf drehte sich alles, ich lehnte mich an die Wand.

Stimmt was nicht?, fragte Fahima.

Mir ist schlecht, sagte ich. Ich glaube, ich muss kotzen.

Ich warte, ja?

Denk nicht mal dran, sagte ich.

Ich ging in eine Klokabine und kniete mich vor die Schüssel. Als nichts herauskam, steckte ich mir den Finger in den Hals. Die Bilder kamen stoßweise, und die Kotze kam in mehreren Schüben. Ich stand auf. Mir war noch immer schwindlig. Ich ging zum Spiegel, meine Haut war blasser als sonst, und ich hatte Tränen in den Augen. Aber die Grundierung war perfekt, vom Gesicht bis zum Hals. Mir wurde klar, dass ich es jeden Morgen so machen musste.

Dir wird im Moment so oft schlecht, sagte Fahima. Warum gehst du nicht nach Hause?

Ich hab mich nur einmal erbrochen, sagte ich, ich will lieber mit dir zusammen sein.

Fahima runzelte die Stirn.

Du isst schrecklich wenig, sagte sie, und du erbrichst dich, und du bist schrecklich dünn geworden. Hast du Essstörungen?

Ja, sagte ich. Ich habe Essstörungen.

Ach, sagte sie.

Sie umarmte mich, die Bilder waren wieder da, ich schob Fahima weg.

Ich wusste ja, dass etwas nicht stimmt, sagte sie. Denk dran, dass du mir alles sagen kannst.

Fahimas Mutter buk Naanbrot, es roch nach Teig. Ich sah die Hände an, die den Teig kneteten, sie sah mich an und lächelte.

Heute wirst du nicht umarmt, Charlotte, ich hab doch überall Mehl, sagte sie und lachte.

Und wenn schon, dachte ich, und wenn ich Mehl auf die Kleider kriege. Bitte, das macht doch nichts, umarm mich, so viel du willst, wollte ich sagen, aber dann kam ich zur Vernunft. Natürlich wollte ich nicht umarmt werden.

Wollt ihr den Teig probieren?, fragte Fahimas Mutter.

Ich nickte, aber dann fiel mir ein, dass ich ja Essstörungen hatte, und ich sagte Nein danke.

Ich hatte schon Mama bestohlen. Zigaretten, Schlaftabletten, Umarmungen, Küsse. Ich wusste, wie man einer anderen die Nacht stahl, und ich wollte einen Nachmittag stehlen, Momente, Öffnungen in der Haut. Fahimas Zimmer war weich und rosa wie eine Lippe, wir lagen im Bett und hörten Nirvana. *Hate me, do it and do it again. waste me. rape me, my friend.* Ich streichelte ihre kurzen Haare hinten im Nacken, sie waren weich wie Babyhaare. Ich zeichnete die Umrisse ihres Gesichts mit den Fingern nach, die Haut war so zart, als ob meine Hände älter wären als ihre. Ich legte mich auf sie, ihre

Lippen waren klebrig. Das Lipgloss schmeckte nach Erdbeere, ich zog ihr das T-Shirt über den Kopf. Sie trug einen Snoopy-BH, ich schob die Hand darunter, der BH war mit Watte ausgestopft. Wir prusteten im selben Moment los. Fahima setzte sich auf, ich sah ihre Haare an, die elektrisch geladen waren, das im Gesicht verschmierte Lipgloss, die Watte, die aus dem BH quoll. Ich beugte mich vor, schob sie zurück aufs Bett.

Du, sagte Fahima, lass das.

Ich streichelte die Adern an ihrem Hals. Ich wollte alles an ihr berühren, wollte in ihr Blut, in ihr Fleisch.

Reg dich ab, sagte ich, ich weiß, was ich tue, du störst.

Ich legte mich mit meinem ganzen Gewicht über sie, öffnete den obersten Knopf ihrer Hose.

Hör auf, sagte sie.

Sie hatte den Mund geschlossen, aber ich küsste sie, zart, dann härter, ich biss. Ich schob die Hand in ihre Hose, sie zuckte zusammen, strampelte unter mir.

Was ist verdammt noch mal los mit dir?, fragte Fahima.

Ich richtete mich auf. Los mit *mir? Du* bist so verdammt kindisch, reiß dich mal ein bisschen zusammen.

Ich weiß noch, wie ich anfing zu vergessen. Er kam zu mir herein, drehte mich auf den Bauch. Und dann wurde ich in Stücke gerissen, glaubte, ich müsste allein durch den Schmerz sterben. Und dann verschwand der Schmerz einfach. Ich sah das dumme Mädchen an, das nicht versuchte, sich zu wehren, das nicht Nein sagte, das einfach wie eine Tote dalag. Danach drückte er das Mädchen auf die Knie, und ich war froh, weil ich verdammt weit weg davon war.

Ich googelte »anal rape«. Als Erstes fand ich *Forced Porn – Extreme Rough Porn, Anal Rape Video.* Und es ging einfach nur weiter. *Girl forced anally raped virgin ass pain anal rape.* Ich blieb sitzen und sah mir die Filme an, es waren Mädchen, die schrien und weinten, interessant, dachte ich. Sie müssten das können, was ich konnte. Sich einfach abmelden. Ich googelte weiter. Ich könnte in Pornos auftreten, dachte ich, denn ich spürte keinen Schmerz. Ich starrte die Filme an. *Stepdaughter brutalized,* alles, was ich finden konnte. Ich saß da und sah mir alles an, ich nahm an, dass man Pornos nicht auf diese Weise anschauen sollte. Aber die Filme verstanden mich, sie sagten etwas, das man nicht sagen konnte, mein Geheimnis leuchtete mir vom Computerbildschirm entgegen.

Dein Körper fehlt mir, schrieb er im Messenger. *Und alles, was wir zusammen gemacht haben.*

Wir? Zusammen?

Und dann: *Ich hab dich lieb.*

Mich lieb? Ich stahl Mamas Paralgin forte, damit die Liebe nicht so wehtat.

Ich träumte, dass ich mit einem schwarzen Strumpf über dem Gesicht in die Schule ging. Niemand sollte mein Gesicht sehen, die Augen, die zu viel gesehen hatten, den Mund, der zu viel geschluckt hatte, die Augen, die ihn an dem Abend in der Küche angestarrt und alles ausgelöst hatten. Morgens stand er in der Küche, ich begab mich einfach in seine Arme, sog den Geruch seines Parfüms und meiner eigenen Angst in mich auf.

In meinem Leben bildeten sich Risse, genau wie in den Scheidenwänden, draußen schmolz der Schnee, bald war der Boden nackt und rein. Die Bäume bekamen Knospen. Auf dem Schulhof lachten die Mädchen, wenn die Jungs mit dem Ball nach ihnen warfen, ein Vielleicht-vielleicht-auch-nicht-Lachen, sie waren reizend, und die Welt gehörte ihnen. Der Löwenzahn kam durch den Asphalt, und die Luft war erfüllt von Vogelgesang, aber ich hörte nur Jonas' Atem, heftig, erregt. Die Knospen an den Bäumen wurden zu Weidenkätzchen, während in mir alles zerbrach, zu offenen Wunden tief unter der Haut wurde. Mein Leben lief in Zeitlupe, während alle um mich herum ihre Hausaufgaben machten und Fußball spielten.

Es war Abend, und ich wartete darauf, dass er kam oder nicht kam – könnten wir nicht einfach feste Abmachungen treffen, dann wüsste ich, woran ich wäre.

Es wurde Nacht, ich nahm einige Schlaftabletten, er kam zu mir. Meine Beine wurden auseinandergerissen, und mein Gehirn löste sich von meinem Körper und schwebte unter der Decke, ich sah mich selbst dort liegen und geliebt werden, während ich mich nicht bewegen konnte. Ich hörte ein Klicken wie von einer Kamera, plötzlich war sein Handy zwischen meinen Beinen, über meinem Körper, ich schloss die Augen und dachte, dass ich kein Model sein wollte. Danach ging ich ins Badezimmer, aus irgendeinem Grund bekam ich keine Luft, aus irgendeinem Grund glaubte ich, dass ich sterben müsste. Ich lag auf den Badezimmerfliesen, der Boden bebte unter mir, ich kniete vor der Kloschüssel, mein Magen stülpte sich um, ich erbrach mich, wieder und wieder und wieder. Kloschüssel, Boden, Kloschüssel, Boden. Ich erbrach Galle, sie floss aus meiner Nase. Mir war schwindlig, ich brauchte dringend ein Glas Wasser, ich konnte mich nicht aufrichten. Ich kroch in die Küche, stützte mich auf die Anrichte, drehte den Wasserhahn auf, beugte mich über das Spülbecken und ließ Wasser in mich hineinlaufen, während es in meinen Ohren rauschte. Es war fünf Uhr morgens. Es tat so verdammt weh, geliebt zu werden.

Ich saß in der Küche und legte den Kopf auf den Küchentisch, aber ich fuhr hoch, als ich Schritte hörte. Es waren leichte Schritte, nicht seine.

Oh, du bist wach?, sagte Mama.

Ich kann nicht wieder ins Bett gehen, sagte ich.

Das Bett ist doch nicht gefährlich, sagte Mama.

Doch, sagte ich, begreifst du nicht, was vor sich geht?

Was vor sich geht, ist, dass es fünf Uhr morgens ist, sagte Mama.

Ich sah sie an. Ich wollte mit etwas schmeißen. Du begreifst, was vor sich geht, sagte ich. Es ist nicht möglich, dass du das nicht begreifst, ich *weiß*, dass du es weißt.

Ich finde, du gehst jetzt ins Bett, Charlotte, sagt Mama. Du kannst eine von meinen Schlaftabletten haben.

Courtney Loves Lieblingsbuch hieß *Valley of the Dolls*. Anne, Neele und Jenny wohnten in New York und warfen Pillen ein, die sie »Puppen« nannten. *She wandered into the bathroom and popped a red pill into her mouth. »Come on you little doll, do the job.«* Reißen, kratzen, wühlen, grinsen, fetzen – Courtney warf die Puppen auf den Tisch und aß sie auf, wie ein Kind Bonbons isst. Mama erzählte, dass sie als Teenie einige Male Heroin probiert hatte. Wie eine Blutprobe machen, sagte sie, nur dass man kein rotes Blut herausholt, man sprüht blaues hinein. Und mit dem blauen Blut wurde man zur Königin. Den nächsten Morgen verbrachte man damit, Träume zu erbrechen, Hoffnungen auszuschwitzen, Liebe zu weinen. Die Puppen ließen dich ein wenig schwer im Körper erwachen, trocken im Mund, verwirrt, aber alles wurde besser, sobald du noch eine nahmst.

Mama sammelte Puppen mit porzellanweißer Haut. Sie waren angenehm, leicht. Leicht zu benutzen. Ich konnte sie in der Schultasche haben, in der Jackentasche, im Kopf. Sie hatten weiche, milde Stimmen. Ich holte sie mit einem Dauerrezept aus der Apotheke, ein weißes Papier gegen eine weiße Nacht. Sie waren meine Freundinnen, sie brachten mich in eine Welt, die licht war, leicht, rosa, eine Welt mit Tüll und Spitzen. Die Puppen waren mächtig. Sie konnten mich ausschalten, mich ins Bett stoßen, den Morgen schwer machen und nach Pappe schmecken lassen. Die Puppen hielten Mama seit zehn Jahren im Bett gefangen, ab und zu dachte ich, die Puppen seien ihre Töchter, nicht ich. Ihretwegen zitterte Mama, wenn sie nicht im Haus waren, sie bekamen jeden Abend von ihr einen Gutenachtkuss.

Kai ging in die zehnte Klasse in Linderud, und ich sagte, ich ginge in die neunte. Zusammen mit ihm lernte ich, dass Trinken war, wie meine Tränen hinunterzuschlucken, je schneller, desto besser. Nach Schulschluss saßen wir auf der Schaukel vor dem Kindergarten, ich legte den Kopf in den Nacken und merkte, wie mein Kopf von *Golden Cock Old Tom Gin* erfüllt wurde.

He, gib mir auch was ab, sagte er und riss mir die Flasche aus der Hand.

Mein Gesicht war heiß. Meine Gedanken schwebten davon. Mir ging es gut. Die Schaukel bewegte sich, oder vielleicht war ich es nur.

Hast du gewusst, dass Schmerz eine Entscheidung ist?, fragte ich.

Ich nahm eine Glasscherbe aus dem Sand und bohrte sie mir in die Innenseite meiner Hand. He, lass das, sagte er. Ich wischte mir das Blut an der Hose ab. Ich lehnte mich an ihn und küsste ihn. Ich sank auf die Knie.

He, sagte er wieder, lass das.

Etwas übernahm. Die Maschine handelte von selbst, während ich anderswo war. Danach trank ich den Rest des Gins und ging nach Hause, ich schlief ein und wurde kaum wach, als jemand hereinkam.

Wie läuft das denn mit deinem Typen?, fragte Fahima.

Mit welchem, fragte ich.

Ich glaube, ich muss etwas sagen, sagte Fahima, ich habe Sachen über dich gehört.

Ach, sagte ich.

Ich habe gehört, du bist eine Hure, sagte Fahima. Dass du Leuten einen bläst, und Jungen, die älter sind und ...

Das sagen die nur, weil sie mich auch wollen, sagte ich. Oder weil sie neidisch sind, weil sie nichts von mir kriegen, oder weil sie nicht aussehen wie ich.

Vielleicht, sagte Fahima.

Ich entwickelte zwei Strategien, die nicht fehlschlagen konnten. Ich nannte sie die Puppe und die Maschine. Sie brauchten den Rausch, um wirken zu können – Schlaftabletten, Alkohol, Weed. Die Puppe war passiv, fügsam, ihr Kopf verschwand einfach aus der Situation, während der Körper willig und bereit war. Ich las im Internet über Sexpuppen, sie sahen aus wie Menschen, und sie waren immer anwesend, fühlten aber nichts. Die Puppen waren perfekt. Genau wie Jonas von mir sagte, ich sei perfekt. Die andere Strategie – die mich wirklich populär machte – war die Maschinenstrategie. Die Maschine hatte die Kontrolle, und ich konnte sie einfach laufen lassen, sie betraf mich nicht. Danach zitterte ich, aber es kamen keine Tränen, alles war in Ordnung.

Die Leute reden über dich, sagte Fahima, mit wie vielen hattest du eigentlich Sex?

Ich zuckte mit den Schultern. Ich konnte nicht antworten. Die Wahrheit war, dass ich überhaupt mit niemandem geschlafen hatte, eigentlich nicht. Das war die Sache von Puppe und Maschine.

In Mädchenzeitschriften las ich über Hungern und Rasierklingen und Rausch. Das war als Warnung gedacht, aber natürlich betrachteten es alle als Gebrauchsanweisung. Ich aß einen Tag lang nichts, mir wurde schwindlig, ich war schlapp und fühlte mich überhaupt nicht besser. Ich schnitt mir mit einem Taschenmesser die Handgelenke auf, aber das tat nur weh, und ich wollte keine Narben. Der Rausch dagegen gab mir, was ich brauchte. Ich nahm eine Schlaftablette und setzte mich in der Dusche auf den Boden, ließ das Wasser über mich strömen und merkte, wie es lief und wie mein Kopf schwamm und dass alles so war, wie es sein sollte. Perfekt. Rausch und Wasser und mein perfekter Körper. Ich war schrecklich glücklich.

Ich schminkte mich, um die blauen Flecken auf meiner Haut zu verstecken. Ich benutzte Grundierung und Wimperntusche und Kajal und dunklen Lidschatten. Mama hatte mich als Kind geschminkt, aber danach alles weggewischt, jetzt entschied ich selbst und ließ alles da, und ich zog ihr Kinderwhore-Kleid an, es war ein bisschen groß, ich würde mir übers Internet selbst eins kaufen.

Willst du so losgehen?, fragte Mama.

Ich gehe verdammt noch mal los, wie ich will, sagte ich.

Ich ging in die Küche und setzte mich, Jonas rauchte, und ich fragte, ob ich eine Zigarette schnorren könnte.

Du bist zu jung, sagte er und gab mir eine.

Ich ging ins Badezimmer, Mama kam und zog die Tür hinter uns zu.

Ich will nicht, dass du so herumläufst, sagte Mama. Hier zu Hause. Das ist mein Haus. Und du bestiehlst mich.

Hä?, sagte ich. Ich überlegte, ob Mama die Tabletten meinte.

Fahima, sagte ich. Ich muss mit dir reden.

Wir saßen auf ihrem Bett, und sie lackierte mir die Nägel über einem Kissen und einer *Cosmopolitan.*

Ja?, fragte Fahima.

Du weißt, dass ich mich erbreche und das Essen nicht runterbringe und so?

Ja, sagte Fahima, du hast Anorexie?

Nein, sagte ich, das habe ich nicht.

Sie sah mich an.

Aber du hast doch gesagt ...

Ich habe das gesagt, weil ich nicht sagen konnte, was das eigentliche Problem ist, sagte ich. Es ist ... mein neuer Typ. Ich hatte gedacht, es wäre einfach ...

Ich schluckte, mein Mund war wie ausgedörrt.

Ich hatte gedacht, es wäre einfach und so, aber es ist so ...

Ich versuchte, normal zu reden, doch meine Stimme versagte.

Es ist so ... es tut so schrecklich weh. Du hast keine Ahnung. Ich hätte das nicht für möglich gehalten.

Aber, sagte Fahima, dann musst du aufhören, mit ihm Sex zu haben.

Das ist nicht so einfach, sagte ich.

Wieso nicht? Drängt er dich dazu?

Ein bisschen vielleicht.

Aber, sagte Fahima, irgendwem musst du das sagen. Deiner Mutter vielleicht?

Nein.

Mette? Mama?

Ich schüttelte den Kopf. Fahima nahm mich in den Arm, und ich hatte das Gefühl, dass mein Körper irgendwo anhielt, dass er eine Grenze hatte, dass er nicht einfach wegschwebte und gefühllos war. Ich merkte, dass ich einen richtigen Körper hatte, von dem kein Teil verschwand. Sie strich mir über die Haare.

Fahima, sagte ich, bist du meine beste Freundin?

Ich riss mich aus ihrer Umarmung und sah ihr in die Augen.

Ja, sagte sie, natürlich.

Dann ist es das Beste, wenn wir die Sache auf sich beruhen lassen, sagte ich. Können wir abmachen, dass wir nie wieder darüber reden?

Eines Nachts lag ich im Bett und wartete, ich lag auf der Matratze, und mir war schlecht. Zwei Stunden waren vergangen. Ich stand auf. Ich wollte ins Badezimmer und mich erbrechen, aber in diesem Moment ging die Tür auf. Ich lief zu ihm. Ich zog ihn an mich.

He, ganz ruhig, sagte er.

Komm schon, sagte ich.

Ich zog mein Nachthemd aus, das vor Angst nass war. Ich warf es in eine Ecke. Ich war wütend, ich hatte zwei Tabletten genommen, es sollte verdammt noch mal passieren. Ich zog ihn zum Bett. Ich merkte, wie sein Körper zögerte. Ich schob ihn aufs Bett, ich warf mich über ihn, mechanisch, er zitterte, und in mir war es nur tot und kalt. Er sollte nicht entkommen. *Ich* sollte nicht entkommen. Danach war der Schmerz außerhalb meines Körpers, ich stellte mir vor, dass es sein Schmerz war, dass alles auf den Kopf gestellt war.

Und dann war alles anders. Ich wurde von lauten Stimmen vor der Tür geweckt. Mama stand im Wohnzimmer und weinte, sie sagte, sie werde nicht fertig damit, es sei nicht auszuhalten. Ihre Schminke verlief, und ich dachte, das da sind meine Tränen, sie stiehlt *meine* Tränen. Jonas hob die Hände und sagte, ich begreife nicht, wovon du redest.

Okay, sagte er, ich hau ab. Es ist aus.

Mama weinte, ich ging in mein Zimmer und schlug gegen die Wand. Zuerst einmal, ein Stoß lief durch meine Hand bis in meinen Ellenbogen, ich sank rückwärts. Ich zählte bis drei und schlug erneut, dann noch einmal. Die Fingerknöchel wurden blau und schwollen an, mein Mittelfinger blutete. Ich konnte die Hand fast nicht bewegen, sie zitterte. Ich sah die Flecken an der Wand an. Ich setzte mich aufs Bett. Ich saß auf dem Bett und dachte, dass es jetzt vorüber war. Es war vorüber, nie wieder würde ich daran denken.

TEIL III

Eines Tages kam es mir vor, als wäre mein Arm einfach verschwunden. Ich stand auf, ging in die Küche, um Tee zu kochen. Ich beugte mich über den Herd, und plötzlich hörte ich hinter mir jemanden schreien. Mama riss mich weg und rief, was zum Teufel machst du denn da? Ich schaute nach unten. Meine Hand hatte rote Brandwunden. Ich spürte nichts, als ob die Hand nicht zu mir gehörte. Sie hätte ein Lederhandschuh oder eine Prothese sein können. Zu anderen Zeiten, wenn ich nachts allein war, spürte ich, dass mir meine Beine ausgerissen wurden, dass sich mein Kopf vom Hals löste, dass mir die Augen aus dem Kopf fielen.

In der Schule sprach Mette über Prozentrechnung, es war supereinfach, aber ich kriegte rein gar nichts mit. Nachts lag ich im Bett und starrte an die Decke. Eines Nachts glaubte ich, dass an die Tür geklopft wurde, ich konnte mich nicht rühren, es wurde zweimal geklopft, und dann war ich einfach da, spürte einen Griff am Nacken und etwas im Hals, das mich nicht atmen ließ. Danach spürte ich es immerzu.

In der Schule verschaffte ich mir einen Überblick: Wer stand in Gruppen mitten auf dem Schulhof, wer stand allein in der Ecke und starrte zu Boden, wer stand vorm Waschbecken auf dem Mädchenklo und zog über andere her, wer saß auf der Toilette und hörte, dass über sie gesprochen wurde. Die, die zu Hause erzogen worden waren, die daran gewöhnt waren, sich Essen selbst zu machen und sich an einem Handschuh festzuhalten, die, die gelernt hatten, sich zu ducken, wenn etwas nach ihnen geworfen wurde, und die sich trotzdem über die Aufmerksamkeit freuten. Die wurden nicht gemobbt. Die Eltern hatten sie gelehrt, stark zu sein. Ich wollte keine Kinder, aber wenn ich welche bekommen hätte, hätte ich ihre Arme mit der Lockenzange gebrandmarkt, damit sie wüssten, dass sie so etwas Schlimmes nie wieder erleben würden und dass sie sich nie mehr zu fürchten brauchten. Kindersicherungen und Babyfon waren in meinen Augen Misshandlung. Dadurch brachte man Kindern bei, die Welt sei ungefährlich. Selbst, sich hinzulegen und zu schlafen, sei ungefährlich. Dass die Träume nur aus Zuckerwatte und Wolken bestünden. Dass man erwünscht sei, dass man geliebt werde. Ich war froh darüber, dass Mama mir gezeigt hatte, dass die Einzige, der ich wichtig war, ich selbst war.

Ich war jetzt dreizehn. Mama schlief, und ich ließ mich mit einigen Versagern aus meiner Klasse volllaufen. Ich zog mich aus, ehe ein Typ danach fragen konnte. Ich kannte mittlerweile einen Trick, ich machte alles im Voraus, dann hatte ich die Kontrolle. Ich schaltete mich aus und ließ es geschehen.

Ich wurde vierzehn, war wohl sehr hübsch. Es war, wie ein Kind zu sein und eine Puppe zu haben. Eine, die sich auf dem Tisch räkelte und sich allen zeigte. Kommt, wir ziehen sie aus. Kommt, wir ziehen sie an den Haaren, Kommt, wir stechen ihr Nadeln zwischen die Beine. Mein Leben war ein Spiel, und ich war das Spielzeug.

Charlotte, sagte mein neuer Lehrer, Lars. Charlotte, hörst du mich?

Äh, ja, sicher, sagte ich, ich hab nur gerade an was anderes gedacht.

Bitte, bleib nach der Stunde noch einen Moment, sagte er.

Es gibt da ein paar Dinge, die mir Sorgen machen, begann Lars. Das eine sind deine Konzentrationsprobleme. Du scheinst dich oft einfach auszuklinken und nicht zuzuhören. Deine Noten sacken in den Keller. Wir Lehrer merken ja einiges. Du kannst dich so anziehen und schminken, wie du willst, aber es gibt Gerüchte, von denen selbst ich gehört habe, über ... wie soll ich sagen ... sexuelle Aktivitäten mit Jungs aus der Schule. Und darunter hast du zu leiden, denn du wirst das Opfer für Gerüchte und Schikanen, und du wirst benutzt ...

Ich benutze sie.

Na gut, sagte Lars. Aber oft bist du in der Schule wie abwesend, und ich habe mich schon gefragt, ob du nicht manchmal auch unter Drogen stehst. Ich halte es deshalb für sinnvoll, dich von deinem Hausarzt an die Kinder- und Jugendpsychiatrie überweisen zu lassen und da eine Einschätzung zu bekommen – und vielleicht eine Behandlung.

Aber wer soll mich denn einschätzen? Glaub mir, ich bin so eine, über die man so wenig wie möglich wissen will.

Brief. Vom Jugendamt. Grund zur Besorgnis. Mama hatte einmal eine Rechnung ins Gefrierfach gelegt, um die Zeit anzuhalten, und das machte sie auch mit dem Brief. Ich nahm ihn heraus.

Termin für ein Gespräch beim Jugendamt. Mama stand vor dem Spiegel und schminkte sich ab. Das war etwas, was ich von Mama gelernt hatte: dass sehr große Anstrengung nötig war, um ganz normal auszusehen.

Ich verstehe das nicht, sagte Mama. Uns geht's doch gut.

Ja, sagte ich.

Ich hatte ein weißes Loch im Gehirn, in dem das, was mir nicht gefiel, Platz fand. Mama hatte alles, was man zum Überleben brauchte, in einem Schrank im Badezimmer, es gab eine Pille für jedes Wort, das man nicht sagen konnte.

Ein Pillchen für die Mama.

Zwei Pillchen, um mich zu bemerken.

Drei Pillchen für hab dich lieb.

Vier Pillchen für warum hast du nichts unternommen.

Ich fragte mich, welche Wörter sie hinunterschluckte und wie bitter der Nachgeschmack war.

Beim Saubermachen verschwindet so viel. Kaffeeflecke auf dem Küchentisch, weil Mama so sehr zitterte, als sie die Tasse in der Hand hielt, Angstschweiß auf dem Bettbezug oder auf einem Babydoll. Die Wohnung wurde weiß wie eine Lüge, wir versteckten die Flecken und die Risse in uns. Drei Sobril ließen Mamas Hände weniger zittern, ohne dass ihre Augenlider deshalb anfingen zu beben. Als sie zum ersten Mal kamen, hatten wir einen Termin abgemacht, es waren ein Typ mit Muskeln und eine kleine Frau mit Brille. Sie hatten Ausweise, die belegten, dass sie vom Jugendamt kamen.

Ich arbeite Teilzeit in einem Kosmetikstudio, wenn ich gesund genug bin, sagte Mama. Aber ich bin nicht so gut dran, ich habe schlimme Angststörungen.

Charlotte ist sehr intelligent. Das war sie schon immer. Ich glaube, das Problem liegt in der Schule. Sie langweilt sich.

Ja, ich sollte sie vielleicht häufiger zu Hause behalten. Ich habe mich immer auf sie verlassen. Zu sehr vielleicht.

Darf ich mich ein bisschen umsehen?, fragte der Mann. Er ging in mein Zimmer, und ich war sicher, dass er es riechen konnte, es sehen, es spüren, es schmecken. Aber er kam wieder heraus, und nichts war mit ihm geschehen, seine Haut war nicht weißer, sein Hals nicht röter und sein Blick nicht leer und fern.

Das Jugendamt machte drei Monate so weiter. Angemeldete Besuche, ab und zu unangemeldete Besuche. Mama riss sich zusammen. Ging mehrmals pro Woche in Lenas Salon, putzte und kochte zu Hause. Zum Schluss wurde die Untersuchung eingestellt. Sie hatten nichts gefunden. Sie hatten keine Ahnung, dass gerade das der Fund war.

Kinder mit Verhaltensstörungen. Schwerwiegende psychosoziale Probleme. Schlecht angepasste Reaktionsmuster. ADHS. Sie hatten für alles Wörter. Für alles, was man nicht sagen konnte. Ich starrte den Kugelschreiber mit dem Logo der Kinder- und Jugendpsychiatrie an, der über den Block mit dem Logo der Kinder- und Jugendpsychiatrie huschte.

Vielleicht möchtest du mir etwas darüber erzählen, wie dein Leben so ist, sagte Marianne, mit deinen eigenen Worten?

Es gibt keine Worte, die meine sind, sagte ich, alle werden die von deinem Block, ich habe nichts, ich habe mich nicht.

Erzähl mir ein bisschen darüber, sagte sie.

Warum denn, sagte ich, ihr stehlt nur alles, was ich sage, auch meinen Kopf.

Ich ließ mich zurücksinken und sah ihren Pullover an, er war voller verfilzter Blumen, das war ein Argument an sich. Ich hätte mich wie eine Faust schließen sollen, festhalten. Machen, dass ich wegkam. Aber ich blieb sitzen und starrte eine Blume an, es war ein Löwenzahn. Wen versuchte sie hier, an der Nase herumzuführen?

Ist in letzter Zeit etwas geschehen, das deinen Blick auf die Welt verändert hat?

Nein, sagte ich. Ich finde nur, dass die Schule langweilig geworden ist. Und dass Trinken und Dope Spaß machen.

Wenn du in deinem Leben haben könntest, was du willst, sagte sie, was wäre das?

Ich sah die Packung Kleenextücher auf dem Tisch an. Marianne wurde dafür bezahlt, dass sie mich zum Weinen brachte. Ich dachte an einen Lederhandschuh, eine bleiche Hand, den Geruch von Schlaf.

Extensions, sagte ich. Die kann ich mir nicht leisten, ich brauche all mein Geld für Zigaretten.

Und wenn du Extensions hättest, was würdest du dir dann wünschen?

Ich würde mir gern in einem Salon Acrylnägel machen lassen.

In der Kinderpsychiatrie sagen wir gern, dass das Kind der Symptomträger für ein Problem ist, das die ganze Familie betrifft, sagte Marianne.

Wir sind bei uns zu Hause keine Familie, sagte ich, wir sind zwei Personen, die sich eine Wohnung teilen.

Warum seid ihr keine Familie?, fragte Marianne.

Wenn wir eine Familie wären, wäre ich verdammt wütend auf Mama, sagte ich, oder vielleicht dachte ich es, denn dann würde ich meinen, dass sie mich im Stich gelassen hat. Aber sie hat mich nicht im Stich gelassen, ich habe ihr ja gar nicht erst vertraut.

Ich ging gerade über den Schulhof und betrachtete die Versager und die Nerds und wusste, dass ich sie fertigmachen könnte, als ich etwas hinter mir hörte.

Hure.

Das waren Abdul und Kim und Salih aus meiner Klasse. Ich war mit Kim auf dem Jungenklo gewesen, und in gewisser Weise auch mit den anderen, aber das war die Maschine gewesen, nicht ich.

Wie viel nimmst du für einen Fick, fragte Salih.

Mehr, als du dir leisten kannst, sagte ich.

Ich ging weiter. Ich hörte Pfiffe und Zungenschnalzen.

Hure. Hure. Hure.

Zu Hause ging ich ins Netz. Natürlich war ich eine Hure. Ich war schon mit zwölf eine Hure gewesen. Ein paar Blowjobs in der großen Pause? Ich konnte mehr erreichen. Ich würde es ihnen zeigen. Ich würde ihnen zeigen, dass ich genauso war, wie sie glaubten, nur schlimmer. Dass ich mich besser kaputt machen konnte als irgendwer sonst.

Ich ging auf eine Escortseite. Es kostete siebenhundert Kronen, dort eine Anzeige zu schalten. Das Geld hatte ich nicht. Ich ging zu Chat.no. Es ärgerte mich, dass die Benutzernamen Sexy und Hot und Sexy Girl und Hot Girl schon besetzt waren, aber sieh an, Kinderwhore war noch frei! Ich fing an, mit ein paar Typen zu chatten. Am Ende hatte ich einen von ihnen so weit. Ich ließ mich zurücksinken. Alles, was andere mit mir gemacht haben, kann ich härter und schlimmer tun.

Sich anziehen, sich zudröhnen, sich aufnutten, sich hinlegen. Das war doch leicht. Viel Schminke und wenig Kleider. Ich wühlte in der Medizinschublade, bis ich Mamas Schlaftabletten gefunden hatte, ich schluckte zwei und kippte ein Bier herunter, ehe ich zum Bus ging. Mir war schlecht. Und schwindlig. Vielleicht wurde ich krank. Mein Mund war wie ausgedörrt, das lag sicher an den Schlaftabletten. Ich sah auf die Stangen im Mittelgang, an denen man sich festhielt, sie fingen an, sich zu schlängeln, es erinnerte mich daran, wie ich klein war und im Bett lag und nicht schlafen konnte und die Dinge um mich herum plötzlich anfingen, sich zu bewegen. Angst war ein bisschen wie eine Entzündung im Auge, sie kam ganz einfach, und dann war sie wieder weg. Ich stieg in Majorstua aus, und meine Beine zitterten. Ich klingelte an der Tür, an der sein Name stand. Ich dachte, ich würde in Ohnmacht fallen, und ich fragte mich, ob er das Geld dann in meine Handtasche legen würde. Er öffnete, er war vierzig, vielleicht, oder jedenfalls dreißig. Er trug ein offenes Hemd, aus dem die Brusthaare herausschauten. Ich wusste, dass ich zuerst das Geld verlangen müsste, aber mein Mund war so trocken, ich bat um ein Glas Wasser und trank es in einem Zug.

Du hast irgendwas genommen, sagte er.

Nicht viel, sagte ich und fragte mich, ob das wohl *bad for business* wäre oder gut.

Du kannst dich ja erst mal ausziehen, sagte er.

Nein, ich weiß nicht, sagte ich.

Er packte meine Haare, und ich fiel auf die Knie. Ich krieg keine Luft, ich krieg keine Luft, ich krieg keine ... Nach einer Weile ließ er los, und ich versuchte aufzustehen, aber ich schaffte es nicht. Er half mir hoch. Er trug mich zum Bett, und ich dachte, ich würde gleich einschlafen, aber das geschah dann doch nicht.

Ich sagte sorry, wir können es nicht machen.

Aber er machte es trotzdem. Dann bekam ich das Geld, dann schloss er die Tür auf, dann ging ich hinaus, oder vielleicht ging ich nicht, vielleicht fuhr ich mit einem Taxi nach Hause, wer weiß, ich schwamm plötzlich in Geld. Irgendeine kleine Drecksgöre weinte in meinem Gesicht, aber die Tränen hatten nichts mit mir zu tun.

Ich hatte keine Ahnung, was ich mit dem Geld machen sollte. Ich suchte im Netz, am Ende fand ich eine Tasche von Vivienne Westwood für dreihundert Pfund. Die bezahlte ich, legte mich ins Bett und beschloss, das Bett erst zu verlassen, wenn die Tasche angekommen war. Mit dieser Tasche herumzulaufen wäre, wie mir HURE auf die Stirn tätowieren zu lassen. Alle würden meine billigen Klamotten sehen, es war nicht viel Stoff, und dazu die teure Tasche und sich ihren Teil denken.

Ich hatte mich nie gefürchtet, aber oft Angst gehabt, und ich war nie traurig gewesen, aber oft deprimiert. Ich merkte, dass ich wieder Angst hatte. Und ich musste Depris haben, denn ich konnte mitten am Tag aufwachen, obwohl ich nicht geschlafen hatte, und es kam vor, dass ich auf dem Tisch eine halb leere Tüte Chips fand, ohne mich daran zu erinnern, dass ich sie aufgemacht hatte. Einmal piepste es, als ich einen Kleiderladen verließ, und die Frau sagte, sie werde mich anzeigen, danach sah sie mich an und sagte, ich solle einfach gehen.

Dreitausend für eine Stunde. Wenn ich die ganze Zeit ausrechnete, die ich im Bett gelegen und nicht gewagt hatte zu schlafen, weil dann die Bilder kamen, oder tagsüber, wenn sich die Flashbacks ineinander wickelten, bis ich nicht mehr wusste, was was war, oder wenn mein Kopf einfach in den Weltraum hinausschwebte, dann kam ganz schön viel Geld zusammen. Er schuldete mir verdammt viel Geld.

Wenn du Sex verkauft hast, hast du alles verkauft, sagte Fahima.

Wir saßen bei Leuten aus der Abschlussklasse in Sogn und tranken Smirnoff Ice, so süßlich und falsch wie ein Liebeslied. Ich hatte immer eine gute Antwort, aber jetzt sah ich sie nur an. Wenn Sex alles war, dann war ich nichts.

Ich meine nur, dass es etwas Besonderes sein muss, sagte sie. Dass es etwas bedeutet, mit wem du Sex hast.

Nein, das tut es nicht, sagte ich und öffnete eine neue Smirnoff. Der Körper ist nichts Persönliches.

Der Körper ist doch ein Teil von dem, wer du bist, sagte sie.

Wer du bist, ist nichts Persönliches, sagte ich.

Sie lachte. Ich begriff nicht, was daran so komisch war.

Aber, sagte sie, das erste Mal zum Beispiel, das ist doch für den Rest deines Lebens bei dir.

Ich hielt meine Tasche fest, mein Pullover spannte am Hals.

Mama sagt, ich sollte nicht mehr mit dir zusammen sein, sagte Fahima. Weil du die Kontrolle verloren hast.

Ich habe die Kontrolle, sagte ich.

Ich weiß nicht, sagte Fahima, ich versteh dich nicht mehr. Du kommst auf so verdammt komische Ideen, und wie du dich anziehst, und ...

Okay, dachte ich, Fahima macht Schluss. Das machte mir nichts aus. Ich stand auf und ging auf den Balkon.

Hallöchen, sagte ein Typ, der dort draußen rauchte, dich kenne ich noch gar nicht, wie heißt du?

Kinderwhore, sagte ich.

Hat deine Mutter dir diesen Namen gegeben?, fragte er.

Fast jedenfalls, sagte ich.

Ich ging ins Treppenhaus, die Welt drehte sich um mich. Vor dem Block stand ein Container. Ich nahm Telefon,

Brieftasche, Schminktasche und Schlüssel aus der Tasche und sah mich nicht um, als ich Vivienne Westwood zu den Essensresten warf.

Ich habe viele Projekte gehabt. Die gesamte Bibel lesen, alles auf Pornhub anschauen, mich schminken, bis ich aussehe wie ein Tatort. Und als Letztes: sterben. Ich googelte *How to commit suicide successfully.* Ich rief den Notruf des Psychiatrischen Hilfsdienstes an.

Ich möchte sterben, sagte ich, weil ich Erinnerungen in Körper und Gedanken habe, die nicht auszuhalten sind. Ich wiege fünfzig Kilo, dafür ist in mir kein Platz.

Hast du mit jemandem darüber geredet?, fragte der Mann am anderen Ende der Leitung.

Natürlich nicht, sagte ich.

Stell dir deinen Schmerz wie einen Kuchen vor, sagte der Mann. Wenn du den ganzen Kuchen isst, wird dir schlecht. Aber wenn du den Kuchen mit anderen teilst, deinen Eltern, Freunden, dann bleibt weniger für dich übrig. Genauso kannst du deinen Schmerz teilen, indem du darüber sprichst.

Ich legte auf.

Ich machte mir gerade French Nails, als ich mich entschloss, mir das Leben zu nehmen. Meine Hand zuckte, und die oberste Schicht verrutschte auf der Grundierung. Ich griff zum Nagellackentferner, beschloss, es noch einmal zu versuchen, wenn meine Hände nicht mehr so zitterten. Ich musste mit perfekten Nägeln sterben. Und sterben musste ich. Es reichte. Etwas war mir gestohlen worden, und ich saß da als die Summe meiner Körperteile, aber die Summe der Teile war nicht dasselbe wie die Ganzheit. Dieser Gedanke war tröstlich, angenehm. Ich hatte drei Jahre lang Brücken und Schnapsflaschen angesehen und gedacht, *wenn ich doch nur könnte.* Früher war es ein Spiel gewesen. Ich hatte mit einem Typen zusammengesessen, der älter war als ich, und war plötzlich zwischen seine Beine gekrochen, damit er die Kontrolle verlor und abstürzte. Ich hatte fünf Schlaftabletten genommen und mich hingelegt und war am nächsten Tag mit einem schrecklichen Kater aufgewacht. Ich hatte mich nicht getraut. Nicht wirklich. Jetzt war ich sicher.

Für immer fünfzehn sein.

Ich las Romane über Leute mit Haus und Beziehung und Kindern, die das bohrende Gefühl hatten, dass mit ihrem kleinen Leben etwas nicht stimmte, aber sie wussten nicht, was, und dann kam ihnen plötzlich die Idee, sich die Halsschlagader aufzuschneiden. Oder die Garagentür abzuschließen und den Motor laufen zu lassen. Oder sich von der Dachterrasse zu stürzen. Aber genauer gesagt dachten sie nur, *was wäre, wenn.* Aber dann rasierten sie sich fertig und ließen ihre Halsschlagader in Ruhe, sie ließen den Motor an und fuhren zur Arbeit, sie leerten das Weißweinglas auf der Dachterrasse und gingen zurück ins Haus. Nichts passiert. Und das ärgerte mich, weil ich das Gefühl hatte, dass sie sich mit einem dramatischen existenziellen Impuls schmückten, der nichts anderes war als eben ein Impuls, den alle hatten, den auch ich gehabt hatte, der aber nichts mit dem zu tun hatte, was mich jetzt erfüllte. Nämlich eine Sehnsucht, die mich high machte und die es in mir wehtun ließ, eine perverse Klarheit, eine Entschlossenheit und Tatkraft, die anders waren als mein normales Ich.

Ich stand unter der Dusche. Das Wasser war heiß, und mein Herz war kalt, und ich war klar und sicher. Es tat weh, und es tat gut. Ich dachte an *Wann,* und ich dachte an *Wie* – und mitten in allem hatte ich vergessen *Weshalb,* das war nicht mehr wichtig, denn ich hatte etwas, das größer war als »das, was passiert ist«, größer als die weißen Nächte und die schwarzen Morgen, größer als die Tatsache, dass mir Löcher in den Leib und in den Kopf gestochen worden waren, größer als der Nachgeschmack einer Schlaftablette um zwölf Uhr mittags. Ich hatte einen Plan und eine Berufung und einen Sinn. Es war keine Schwärmerei, kein Impuls. Es war ein Virus, eine ganz eigene Logik, die mich angesteckt hatte, wunderbarer und unerträglicher, als ich fassen konnte, man begreift, dass es eine Möglichkeit gibt, dass es *tatsächlich ein Ende nehmen kann,* einfach, weil es zu spät zur Umkehr ist, weil es bereits dabei ist, *ein Ende zu nehmen.*

Ich dachte daran, mich aufzuhängen. Ich würgte mich vor dem Spiegel mit einem Schal, ich sah, dass mein Gesicht anschwoll und tieflila anlief, ich begriff nicht, dass Jonas Lust gehabt hatte, eine zu ficken, die so aussah. Ich dachte daran, mich mit Steinen in der Tasche im Meer zu ertränken. Das Meer würde mich zerstören, würde mich widerlich machen, ich wäre fett, aufgeschwemmt vom Wasser. Das würde funktionieren. Damit es nicht zu schlimm würde, hatte ich wasserfeste Wimperntusche, Lidstrich und Rouge gekauft. *Waterproof makeup for long days at the beach,* hatte auf der Website gestanden. Ich fragte mich, ob Jonas zu meiner Beerdigung kommen würde. Ob er verstehen würde, was ich zu sagen versuchte. Denn ich verstand es selbst nicht. Aber es hatte damit zu tun, nicht atmen zu können, von etwas Fremdem gefüllt zu werden, in etwas Finsteres hinabgezogen zu werden und nicht wieder hochzukommen.

Die Antwort hatte die ganze Zeit im Badezimmerschrank gelegen. Sie machte die Tage und Nächte erträglich. Courtney Love hatte viele Male eine Überdosis Pillen genommen. Sie zog sich in Stripläden aus, eine Pille rein, ein Kleidungsstück runter. Ich wollte auch auf die Bühne. Die Erinnerungen abwerfen und sie auf einem Haufen zu den Füßen von Mama und Lars und Fahima und der ganzen Schule liegen lassen, die Nächte von mir abziehen, bis alles hell wäre, weiß, bis man von meinem Anblick geblendet wäre, von dieser bezaubernden Leiche.

Du kommst mir neuerdings so fröhlich vor, sagte Mama, ruhig.

Ich arbeite an einer Art Projekt, sagte ich.

Ach, was denn?, fragte Mama.

Das kann ich noch nicht sagen, sagte ich, aber du wirst es schon merken.

Der erste Schritt war, meine Frisur in Ordnung zu bringen. Als ich mich im Spiegel sah, dachte ich darüber nach, dass ich eigentlich blond sein müsste. Die Mädchen in den Pornos, die ich mir ansah, waren fast alle blond. Courtney Love war blond, Puppen waren blond, all die hübschen Mädchen, die in den Fernsehkrimis ermordet wurden, waren blond. Blond zu sein bedeutete, eine helle Leinwand zu sein, auf die die Leute schreiben konnten, was sie wollten. Ich sollte mir die Haare bleichen, aber andererseits hatten meine schwarzen Haare und die grünen Augen auch etwas Heftiges. Nick Cave schrieb Balladen über Mädchen mit schwarzen Haaren und grünen Augen. Also ließ ich es, wie es war. Ich fragte mich, ob es ein Medienereignis werden würde. *Fünfzehnjährige begeht Selbstmord.* Würden die Zeitungen mein Bild bringen? Welches Bild würden sie aussuchen? Würden sie das vom Schulfotografen nehmen, auf dem ich auf raue Weise bleich bin, mit schwarzen Ringe unter den Augen, das Bild, bei dem der Fotograf mir immer wieder gesagte hatte: Nein, sieh mich *ganz normal* an, lass die Nummer mit dem Blick! Würden sie dieses Bild aussuchen? Mama hatte es gesehen, sie hatte gelächelt und gesagt: Schade, dass du nicht singen kannst, Charlotte, du siehst nämlich aus wie ein Rockstar.

Als ich mit Schminken fertig war – es hatte ungefähr eine Stunde gedauert –, fing ich mit dem ersten Blister von Mamas Schlaftabletten an. Mit jedem Mundvoll schluckte ich zehn. Ich musste es zwölfmal wiederholen, Mama hatte hundertzwanzig Tabletten. Fürchtete ich mich? Eigentlich nicht. Seit ich etwas gewesen war, das Ähnlichkeit mit einem Kind hatte, hatte ich gelernt, stärker zu sein als ich selbst. Wie eine Sportlerin. Der Körper war ein Hindernis, an dem man sich durch Willenskraft vorbeipressen konnte. Es hieß, Mathe und Schreiben lägen mir besonders. Aber am meisten lag es mir, mich selbst zu überwinden, einen Schritt vor meinem Atem und meinem Herzen zu liegen. Ich war froh darüber, dass Jonas mich das gelehrt hatte.

Ich ging in mein Zimmer, nahm mir einen Klebezettel und schrieb: *Liebe Mama, hab keine Angst, dass es deine Schuld sein könnte, das ist es nicht.*

Ich drehte in meinem Handy *Hole* voll auf, ich hatte das Gefühl, dass die Musik mein Gehirn explodieren ließ, das gefiel mir, es verjagte die Gedanken. *I want to see you stretched out on the floor! The world's broken doll, the world's shattered whore.*

Es wurde an die Tür geklopft, und ich fuhr zusammen, jetzt kam er, er war wieder da.

Charlotte, sagte sie, hast du meine Tabletten genommen?

Ich konnte nicht schlafen, sagte ich.

Charlotte, hast du *alle* meine Tabletten genommen? Wo sind sie?

Mama, sagte ich, müssen wir jetzt darüber reden?

Großer Gott, sagte Mama, wie viele hast du genommen?

Hundertzwanzig, sagte ich, ich habe mir das Leben genommen.

Mama fing an, hysterisch zu heulen. Ich ließ mich zurücksinken.

Ich wurde davon wach, dass etwas Hartes in meinen Hals gepresst wurde.

Atmen, sagte jemand.

Wir holen jetzt die Tabletten raus. Das geht viel leichter, wenn du ruhig atmest.

Ich öffnete die Augen. Ich spürte, wie sich der Plastikschlauch durch meinen Hals und weiter durch die Brust nach unten bewegte.

Atmen, sagte die Frau wieder. Ich nahm den Geschmack meiner Kotze wahr. Ich versuchte, mich wegzudrehen, ich war stark, aber mein Körper und mein Kopf bewegten sich viel langsamer als ich. Tut mir leid, sagte die sanfte Stimme, wir müssen das tun. Ich versuchte, Nein zu sagen, aber der Plastikschlauch verschlang meine Worte. Ich krieg keine Luft, ich krieg keine Luft, ich krieg keine ... Ich spürte Jonas' Griff an meinem Nacken und etwas, das in meinen Hals geschoben wurde, ich schaute mich um und versuchte, mein Herz dazu zu bringen, kein solches Drama aus allem zu machen. Ich erbrach mich und sah, dass sich die Pillen wie weiße Perlen einer zerrissenen Kette durch den durchsichtigen Schlauch bewegten.

So ist es gut, sagte die sanfte Stimme.

Der Morgen riss mir die Dunkelheit von der Haut wie ein Pflaster, es war hell und scharf und klar. Ich wachte auf, aber ich hatte nicht geschlafen. Der Raum war weiß und antiseptisch, aber die Decke roch nach Angst und war feucht wie eine Zunge. Weine ich so?, dachte ich, durch die Poren in meiner Haut? Ich trug einen grünen Krankenhausschlafanzug, und mein Körper war voller Elektroden und Kabel. Ich war zur Beobachtung hier. Ich fragte mich, was sie wohl finden würden.

Wir müssen mit deiner Mutter sprechen, sagten sie, ob sie dich einweisen lassen will. Wir brauchen ihre Zustimmung.

Ich zuckte mit den Schultern. Sie hatte schon so vielen seltsamen Dingen zugestimmt.

Ich hatte Google und Wikipedia und die Regale der Bibliothek durchsucht. Was war mir davon geblieben? Ich wusste, wie lang eine Nacht sein kann. Ich kannte den Geschmack von Kotze aus Schlaftabletten und Sperma. Ich wusste, dass man Flashbacks bekommen konnte, wenn nach einer Überdosis der Magen ausgepumpt wurde. Ich weiß zu viel, dachte ich, aber zugleich habe ich keine Ahnung, was los ist.

TEIL IV

Zustand bei der Aufnahme
Wach, klar, orientiert. Unruhig. Promille null. Guter äußerlicher Kontakt, geringer emotionaler Kontakt. Wirkt etwas steif, misstrauisch, zurückhaltend. Antwortet abweisend auf Fragen. Anflüge von Aggressivität. Keine Anzeichen von psychotischen Symptomen. Keine konkreten Suizidgedanken oder -pläne. Affektstabil beim Gespräch, schlug sich gleich darauf die Faust an der Zimmerwand blutig.

Das Zimmer war klein, aber es war Platz für das Notwendigste: ein Bett, um Albträume darin zu haben, eine Wand, um mit der Faust dagegenzuhämmern, ein Spiegel für den Versuch, ihn zu zerbrechen. Sie hatten mich zur schmutzigen Wäsche gelegt. An einem Nagel im Badezimmer hing ein Schlafanzug für mich, zusammen mit einer riesigen Unterhose auf der *Universitätsklinik Oslo* stand. Ich zog die Krankenhauskleidung an und betrachtete mein Spiegelbild. In einem solchen Schlafanzug konnte ich machen, was ich wollte. Ich war offiziell verrückt.

Wieder wurde an die Tür geklopft. Mir wurde schlecht. Mein Mund war wie ausgedörrt. Mein Herz schlug wild um sich. Dass niemand dieses Herz in Ketten legen konnte, damit es ein bisschen Ruhe gab! Wir nehmen nur schnell eine Blutprobe, sagte eine Schwester. Ihre Stimme war weit weg, als ob ich sie durch einen Tunnel hörte. Und EKG – um deinen Herzrhythmus zu messen. Ich hatte Angst, sie könnten glauben, ich hätte Speed eingeworfen, denn mein Herz schlug sich fast aus meiner Brust heraus. Instrumente. Maschinen. Spritzen. Sie bohrten sich unter meine Haut und in meinen Kopf. Aber damit konnte ich umgehen. Einfach ausklinken. Ich sah zu, wie die Injektionsnadel in meinem Arm versank, aber ich spürte sie nicht.

Die ganze Zeit, schon mit zwölf, habe ich ab und zu Besuch von der Lochmaschine bekommen. Die Lochmaschine schneidet Teile der Zeit aus der Erinnerung, und dann sitze ich da mit einem Kalender, aus dem Dinge verschwunden sind. Andere Male schneidet sie Löcher in meinen Körper, sorgt dafür, dass ich meinen Arm oder die linke Seite meines Gesichts oder meinen Fuß nicht spüre. Manchmal schneidet sie Löcher in »ich«. Und durch die Löcher weht ein kalter Wind.

Charlotte, sagte eine Stimme. Charlotte, bist du da?

Jemand schnippte vor meinem Gesicht mit den Fingern. Ich sah das Zimmer, meine Beine und die vor mir hockende Schwester. Sie und meine Beine waren weit von mir entfernt.

Bist du rausgefallen?, fragte sie.

Ja, sagte ich und fragte mich, wo ich hineingefallen war.

Du hast jetzt ein Gespräch mit dem Arzt, sagte sie. Kannst du aufstehen?

Ich nickte. Mir war schwindlig, ich musste die Hand der Schwester nehmen, um mich aufrichten zu können, in meinem Kopf rauschte es, aber ich schaffte es.

Der Tisch zwischen uns war mehrere Meter lang, er wuchs die ganze Zeit. Der Arzt sah mich an, als ob ich ihm leidtäte. Ich wünschte, er könnte das lassen. Ich brauche niemandem leidzutun, ich brauche wirklich niemandem leidzutun. Er fragte, wie ich mich fühlte.

Alles ist einfach *falsch.* Als ob du eine Wurst essen sollst und Marmelade draufstreichst statt Senf. Verstehst du? Falsch.

Charlotte, sagte der Arzt ernst. Siehst du Würste?

Ich lachte. Mein Lachen war laut und scharf.

Hat dir schon mal jemand gesagt, dass du ein Scheißgenie bist?, fragte ich.

Äh, sagte er, nein?

Nein, eben, sagte ich.

Der Arzt redete mit mir über »Dissoziation« und »Depression« und »Suizidpläne«. Das verstand ich ja, deshalb war ich hier. Aber es gab etwas, das er nicht erwähnte und worüber ich gern gesprochen hätte: Ich war fünfzehn Jahre alt. Ich war in der Klinik. Ich war eingesperrt und fort von Schule, Freunden, Büchern und meiner verrückten Mutter. Ich war nicht gestorben, aber ich hatte auch nicht überlebt. Wie sollte ich weitermachen?

Kann ich eine rauchen?, fragte ich. Der Krankenpfleger nickte. Er öffnet die Tür zu dem Zimmer, in dem unsere Sachen lagen, gab mir eine Packung Marlboro Rot, auf der CHARLOTTE stand, und ein Feuerzeug, auf dem ebenfalls CHARLOTTE stand. Kein Zweifel, sie befürchteten, dass ich mich in der »dissoziativen« Phase befand und daran erinnert werden musste, dass ich ich war. Ich ging in den Garten und rauchte meinen Namen, ich betrachtete die Risse im Himmel.

Wir werden dich wohl in zwei Wochen auf die offene Station verlegen, sagte der Arzt. Wenn du dich stabilisiert hast.

Ich nickte. Ich freute mich darauf, in zwei Wochen stabilisiert zu sein.

Auf Station 3 gab es Spiegel aus Glas und Bilder an den Wänden. Ein Typ mit fettigen Haaren und einem T-Shirt der Band KENT lächelte mich an.

Kent, sagt er und streckte die Hand aus. Du kriegst auch so eins mit deinem Namen. Ein Typ ging auf dem Flur an mir vorbei. Er hatte Musik im Ohr, ich hörte den Text ganz deutlich, er sagte *go to hell.* Er mimte es mit den Lippen und starrte mich an.

Ihr Paranoiden seid so selbstgefällig, ihr glaubt, andere brächten es über sich, an euch zu denken, sagte ich. Ich dagegen denke nur an mich.

Ich schlag dich zusammen, sagte Kent.

Ehrlich gesagt, ich bin nicht deine Frau, sagte ich.

Solchen Humor möchten wir hier nicht, sagte der Pfleger, der mich hergebracht hatte.

Plexiglas. Kleenex. Sozialarbeiter. Paragrafen. Aktivitätspläne. GAF-Skala. Verhaltenstherapie. Affektregulierung. Morgenmedizin. Fontex. Abendmedizin. Truxal. Dosierungsspender. Pappteller. Tagesberichte. Abendberichte. Epikrisen. Kontakte im Umfeld.

Wie war ich nur hier gelandet?

Im Aufenthaltsraum saß ein rosa Kapuzenpulli. Sie hatte platinblonde Haare, große Brüste und trug einen Hello-Kitty-Pullover. Stil, dachte ich. Sie sah aus wie eine Puppe. Sie sah aus, als wäre ihr Körper etwas Externes, Plastisches, etwas, das sie nichts anging. Als ob du mit ihr machen könntest, was du wolltest, und sie würde es nicht merken. Ein Vorbild, ganz klar.

Hallo, sagte ich. Charlotte.

Sie schaute unter langen dicken künstlichen Wimpern hoch.

Barbie, sagte sie.

Ja, sagte ich, du kannst mich eigentlich Kinderwhore nennen.

Du siehst total abgefuckt aus, sagte sie und lächelte.

Danke, sagte ich und setzte mich neben sie aufs Sofa.

Deine Haare gefallen mir, sagte ich, das ist Scheißperfektion.

Extensions, sagte sie.

Ein Mädchen mit einem Cardigan kam herein. Echt. *Cardigan*. Spülwasserfarbene Haare. Leberwurstfarbene Augen.

Natürlich seid ihr schon Freundinnen, sagte sie.

Wir waren gerade mit etwas Wichtigem beschäftigt, sagte ich.

Ich stand auf, um mehr Kaffee zu holen.

Ich will nicht stören, sagte sie. Du hast Lippenstift auf dem Pullover.

Ich rempelte sie an.

Du hast Kaffee auf dem Cardigan, sagte ich.

Das Mädchen ging, und Barbie blickte ihr hinterher.

Die da, sagte sie, ist Chronisch Gemein.

Das klingt schlimm, sagte ich. Behandlungsresistent?

Ja, sie hat düstere Prognosen, sagte Barbie.

Man könnte es mit Lobotomie versuchen, aber diesen Cardigan hätte sie ja immer noch.

Das Beste wäre wohl, sie einzuschläfern, sagte Barbie.

Ich lachte. Es war das erste Mal seit langer Zeit, und es tat weh.

Wir sollten meine »dissoziativen Symptome« aufschreiben. Feststellen, wie viel Zeit ich damit verbrachte, aus der Zeit herauszufallen. Ich sah mir die Schwester an, die ein Blatt Papier hochhielt. *Dissociative Experiences Scale.*

Dann sagst du mir bei jeder Aussage, auf einer Skala von eins bis hundert, wie sehr sie auf dich zutrifft, sagte sie.

Ich nickte.

Manche Menschen können hören, wie andere reden, und sie sehen plötzlich ein ..., las sie vor.

Ich sah die Wand an. Die Wand war weiß und leer, genau wie mein Kopf. Ich schwebte an die Decke und sah mich dort sitzen, ein jämmerliches kleines Mädchen, das auf jämmerliche kleine Fragen antwortete, eine Krankenschwester, die dort saß und Grade von Abgefucktheit notierte, Antworten auf einer Skala von eins bis hundert.

Charlotte, sagte eine Stimme, hörst du zu?

Was haben Sie gesagt?, fragte ich.

Wir sind mitten in der Untersuchung, sagte sie. Es geht also um: *Manche Menschen können zuhören, wie andere reden, und dann sehen sie plötzlich ein, dass sie Teile des Gesagten nicht mitbekommen haben,* sagte die Krankenschwester. Ich nickte und sagte, zwanzig. Sie trug es in den Vordruck ein.

Als Kind hatte ich kleine Glücksmomente gesammelt. Die kamen auch auf der Station zu mir. An einem Abend hatte ich eine Schlaftablette genommen, konnte aber nicht schlafen, ich ging in die Küche und suchte nach Tee. Im Küchenschrank über dem Spülbecken fand ich eine Packung Salzkräcker. Ich füllte die Taschen meines Kapuzenpullovers und ging ins Zimmer, ich machte Tom Waits an, es war salzige Musik, die Kräcker waren salzig, und mein Kopf schwamm in Wasser, Salzwasser, ich konnte das Fenster nur einen Spaltbreit öffnen, aber ich steckte die Nase raus und nahm den süßen Duft von Frühlingsregen und Traubenkirsche wahr.

Ich frage mich, ob man hier Träume einschmuggeln kann, sagte ich zu Kent. Ich habe nur Pillen bekommen, und ich glaube, man kann ein Taschenmesser in der Unterhose verstecken. Aber die Träume sehen sie sofort, wie mit Röntgenblick.

Ich habe heute eine Depotspritze bekommen, sagte Kent. Vielleicht kann ich damit aufhören, wenn ich das Medikament wechsle, einfach nur Pillen nehme.

Ich habe in meinem Zimmer ein Fenster an die Wand gezeichnet, sagte ich. Wo du nicht auf einen Friedhof starrst, sondern auf einen offenen Weg.

Mein Vitamin-D-Spiegel war auch ein bisschen niedrig, als ich beim Arzt war, sagte Kent. Also mache ich auch dafür eine Kur.

Stell dir vor, wenn wir hier Sex haben könnten, sagte ich, die haben doch sicher Sachen, die man verwenden kann, Zwangsjacken und Betten mit Riemen und so.

Hoffentlich brauch ich nur sechshundert Milligramm Solan am Tag, sagte Kent. Viel mehr vertrag ich nicht.

Kommst du ins Milieu?, fragte ein Pfleger.

Du meinst den Aufenthaltsraum, sagte ich.

Ein Milieu war ein Ort, wo Dinge wachsen konnten, gedeihen. Aber hier wuchsen nur Pappteller und künstliche Blumen. Die Vergangenheit wurde durch Epikrisen ersetzt, die Persönlichkeit durch Diagnosen.

Verlauf während des Aufenthalts
Nachts unruhig, schläft wenig. Patientin isst wenig, wirkt rastlos und leicht aggressiv. Zeigt dissoziative Symptome und ist zeitweise schwer ansprechbar. Wird nachts von Albträumen geweckt, will aber nicht sagen, wovon diese Albträume handeln. Auf direkte Fragen, ob jemand sie in ihrer Vergangenheit physisch verletzt hat, antwortet sie mit Nein.

Die Mutter scheint unter Medikamenteneinfluss zu stehen, wenn sie Pat. besucht. Bei der Familientherapie wird deutlich, dass die Mutter sehr stark unter Medikamenten steht und zu depressiv ist, um der Tochter die notwendige Unterstützung zu geben.

Ich wünschte, du wärst nicht so traurig, sagte Mama.

Sie war zu Besuch. Jeans und nur ein wenig Augenschminke und Lippenstift.

Ich lachte. Ich bin nicht traurig. Ich habe zuletzt als Kind geweint.

Es steht dir nicht, so deprimiert zu sein, sagte Mama. Niemand mag ein trauriges Gesicht.

Was ist mit dir?, fragte ich. Du weinst doch die ganze Zeit.

Ich weine, weil niemand mich will, sagte sie, und sie wollen mich nicht, weil ich weine.

Ich starrte die Wand hinter ihr an.

Können wir darüber reden, fragte ich.

Worüber denn?

Es, sagte ich. Das. Der Grund, warum ich hier bin.

Dass du versucht hast …?, fragte Mama.

Das, was mich zu dem Versuch gebracht hat, sagte ich.

Hör mal, sagte Mama. Ich hab es auch nicht so leicht gehabt. Als Kind hatte ich ein Spiel, vielleicht kannst du es damit probieren. Stell dir vor, du hast ein Laken. Und dann nimmst du alles, was schlimm ist, und erstickst es mit dem Laken. Und dann denkst du nicht mehr daran und machst einfach weiter.

Ich steckte mir auf der Terrasse eine Zigarette an, die Sonne ging unter, ich schaute zu Boden. Das rosa Licht färbte alles ein. Es heißt, Depressionen sind wie Tinte in einem Glas Wasser, das Schwarze breitet sich immer weiter aus, aber ich hatte keine Angst vor dem Schwarzen. Es passte zu mir. Aber Sonnenuntergänge, Kirschbäume, frisch gemähtes Gras, spiegelblanke See, das war nicht auszuhalten. Im Licht war ich zu gut zu sehen. Ich hatte keine Ahnung, wer den Sonnenuntergang aufgehängt hatte, aber es war jedenfalls geschehen, um sich über mich lustig zu machen.

Ich ging hinaus in den Flur, klopfte ans Stationszimmer. Die Nachtwache schaute von ihrem Handy auf, sie spielte darauf ein Spiel.

Kann ich dir irgendwie helfen, fragte sie.

Albträume nur, sagte ich. Hast du was zum Schlafen?

Dazu ist es leider zu spät, sagte sie, bald ist Morgen.

Es sind noch viele Stunden, sagte ich.

Willst du darüber sprechen, fragte sie.

Nein, sagte ich.

Ich will nicht reden. Ich bin keine, die leidet. Ich bin keine, die die Kontrolle verliert. Bitte. Bitte, glaub mir. Ich bin nicht jämmerlich, schwach und hilflos, eine, die unter dem Gewicht eines anderen zusammenbricht. Ich verspreche es. Ich verspreche es. Ich verspreche es.

Einmal, als Jonas von meinem Bett aufstand, hatte ich solche Schmerzen, dass ich dringend ins Badezimmer musste und Wasser trinken, aber ich wusste nicht, wie ich es schaffen sollte zu gehen.

Kannst du mir ein Glas Wasser holen, bat ich. Und eine Schlaftablette? Die liegen im Badezimmerschrank.

Er kam mit Wasser und Tablette zurück, ich trank, er legte die Decke über mich, richtete sich auf, ich sagte: Geh nicht. Warum zum Teufel hatte ich das gesagt. Er legte sich neben mich, und an das Nächste, was geschah, erinnere ich mich nicht. Es ist seltsam. Er kann mich getröstet haben, er kann sich auf mich gelegt haben. Ich habe keine Ahnung.

GAF. 50/53 ACE.F0. 3 EUPF F 48.1 DDPD. Ich liebe doch Zahlen und Buchstaben, ich war so verdammt gut in Mathe und Norwegisch. Jetzt hatte ich meine eigenen Bezeichnungen bekommen. Ich war gestempelt, gemessen, registriert, zusammengefasst, verifiziert, klassifiziert worden. Wie eine seltene Tierart oder ein Zahlen- und Buchstabenrätsel. Auf jeden Fall bestätigte das hier etwas, was ich ohnehin schon gewusst hatte: Ich gehörte mir nicht.

Bist du sicher, dass es gut für dich ist, deinen Krankenbericht zu kennen, fragte Bjørn, als ich darum bat, ihn noch einmal lesen zu dürfen.

Ich habe zwei Interessen: Lesen und mich selbst, sagte ich. Du verstehst doch sicher, dass mich das hier interessiert.

Ich kann dir etwas anderes zu lesen mitbringen als deinen Krankenbericht, sagte Bjørn, während ich im Zimmer saß und mir die Nägel lackierte. Wo du doch gern liest.

Ich sah meine Nägel an. Ich versuchte, ein Muster zu schaffen, das sie rosa mit schwarzen Punkten machte, aber meine Hände zitterten ein bisschen, und jeder Punkt verursachte große Anstrengung. Ich benutzte eine kleine Haarspange und tunkte die Spitze in den schwarzen Lack. Meine Nägel hatten wirklich keinerlei Energie übrig für einen Typen, der mir die Welt zeigen wollte. Ich hatte genug davon erlebt, und es hatte mich in einen Raum mit weißen Wänden gebracht.

Hör mal, sagte ich, ich kenne das Passwort fürs Internet.

Ich kann trotzdem ein Buch mitbringen, sagte er.

Ich setzte einen letzten Punkt auf den Nagel, das Muster wurde langsam perfekt.

Es hat keinen Sinn, perfekte Nägel zu haben, ohne sie jemandem zu zeigen, deshalb ging ich in den Aufenthaltsraum. Kent, Barbie und Chronisch Gemein saßen am Tisch und verschoben Spielfiguren.

Machst du mit bei Alias?, fragte Chronisch Gemein. Ich hör ohnehin auf, ich bin müde.

Natürlich bist du das, sagte ich.

Du musst deinem Partner klarmachen, welches Wort auf deiner Karte steht, während das Stundenglas läuft, sagte Barbie. Wir können ein Team sein.

Na gut, sagte ich und zog eine Karte. Darauf stand WARTEN. Barbie drehte das Stundenglas um. Ich sah es an. Langsam lief der Sand nach unten.

Du musst etwas sagen, sagte Barbie. Großer Gott, gleich ist die Zeit vorbei.

Ich sah aus dem Fenster, auf den Friedhof, dann wieder auf das Stundenglas. Ich stieß das Stundenglas um und stand auf und ging.

Im Zimmer schminkte ich mich. Weiße Haut, roter Lippenstift, schwere schwarze Augenschminke. Ich müsste Extensions haben, solche wie Barbie, dann hätte ich noch längere, noch schwärzere Haare. Ich zog eins meiner Kinderwhore-Kleider an und ging raus, ich wollte mir eine Tasse Kaffee holen, es war wichtig, präsentabel zu sein.

Weißt du, wie du aussiehst?, fragte Chronisch Gemein.

Sie stand auf dem Gang und sah mich an.

Du siehst aus wie eine, die missbraucht worden ist, sagte sie.

Mein Zwerchfell krampfte sich zusammen. Ich wollte zuschlagen, aber mir wurde schlecht, schwindlig, ich stürzte in mein Zimmer und fiel vor der Kloschüssel auf die Knie, wollte kotzen, aber es kam nichts, ich legte mich auf die Badezimmerfliesen und zitterte. Nach einer Ewigkeit war es vorbei, und ich stand auf und hämmerte dabei mit der Faust gegen die Wand.

Ich bekam Eisbeutel und Pflaster für die Hand und ging in den Aufenthaltsraum, damit alle sehen konnten, was ich so machte. Wozu ich fähig war. Wenn sie so hart gegen eine Wand schlagen konnte, was könnte sie dann wohl Menschen antun? Meine Fingerknöchel wurden blau und schwollen an, wenn ich zuschlug, etwas später wurden sie rotbraun und nach einigen Tagen blau und gelb. Am Esstisch stützte ich den Kopf in die Hand, damit es alle sehen konnten, und legte die Hand auch dann um die Tasse, wenn ich nicht trank. Ich wechselte auf die linke Hand über, aber bald hatte ich auch die verbraucht. Bjørn sagte, ich sollte versuchen, auf ein Kissen oder die Matratze zu schlagen oder einen Boxhandschuh zu nehmen. Aber dann wäre ja der halbe Sinn der Sache verschwunden. Es ging doch nicht nur darum zuzuschlagen, so stark, als ob ich die Wand durchbrechen wollte, es ging doch darum, den Schmerz zu spüren und zu denken, dass er jemand anderem gehörte, dass genau *dort,* wo ich mich gerade verletzt habe, *someday you will ache like I ache.*

Bjørn kam mit der Abendmedizin.

Glaubst du, Leute können sich das Leben nehmen, bloß weil sie sich langweilen?, fragte ich. Oder anfangen, Stimmen zu hören?

Vielleicht, sagte er. Fühlst du viel Leere?

Nein, sagte ich. Ich »fühle« keine Leere, wenn es leer ist, fühle ich nichts.

Wenn du dir alles wünschen könntest, was würdest du dir dann wünschen?

Ich schaute zur Decke hoch.

Denk daran, dass du genauso sehr das bist, was dir fehlt, wie das, was du *hast*, sagte er.

Ich brauche Input, sagte ich, Vormittagsfernsehen ist nicht genug.

Wie wäre es mit einem Buch, das haben wir ja schon mal gesagt.

Ich sah die Wand an. Seine neuen Tricks gefielen mir gar nicht.

Ich will ein richtiges Buch lesen, sagte ich. Keins, das für Kinder geschrieben worden ist.

Ich bring dir ein Buch mit, sagte Bjørn.

Ich will keins für eine, die »jung« und »verletzlich« ist.

Ich bring dir ein Buch mit, das mir gefällt, sagte Bjørn. Es gibt viele Möglichkeiten zurückzuschlagen, vielleicht solltest du dir eine andere aussuchen?

Ich sah ihn an.

Was mir bei dir auffällt, sagte Bjørn, ist, dass du nie überrascht bist. Die meisten, die herkommen, sind verdammt gestresst, aber du hattest sofort alles im Griff. Dich macht überhaupt nichts fertig. Ich glaube, du brauchst eine Überraschung, sagte er, einen Schock, Angst.

Großer Gott, warum laufen mir bloß immer solche Psychopathen über den Weg, sagte ich.

Er lächelte.

Ich glaube, du musst auf einiges zurückblicken und denken, das war extrem.

Was für dich normal ist, ist für mich extrem, sagte ich. Ich finde es extrem, aufzustehen und zur Arbeit zu gehen und dann nach Hause zu gehen und sich ins Bett zu legen. Es ist nicht sicher, dass du mehr recht hast als ich.

Ich glaube nicht, dass du dir darüber im Klaren bist, welche Belastung es für Körper und Gemüt ist, so zu leben wie du, sagte er.

Ich brauche eine Zigarette, sagte ich.

Jetzt, fragte er. Sofort?

Ja, sagte ich. Sofort.

Es gab da etwas. Eine Art Chance. Das konnte ich nicht ertragen.

Bjørns Buch lag auf meinem Nachttisch. Hjalmar Söderberg, *Doktor Glas.* Ich schlug das Buch auf der Seite mit dem Lesezeichen auf. Ich las den Abschnitt, den er eingekreist hatte. *Man will ja geliebt werden, und wenn das nicht geht, bewundert, und wenn das nicht geht, gefürchtet, und wenn das nicht geht, gehasst und verachtet. Die Seele zittert vor Angst vor dem leeren Raum und verlangt um jeden Preis nach Berührung.* Das ergab doch keinen Sinn. Wer wollte denn geliebt werden. Das verlangte so viel von dir: Küsse und Umarmungen und Versprechen und Verpflichtungen. Von mir dagegen erwartete niemand etwas. Wenn ich es über mich brachte aufzuschauen, wenn Bjørn das Zimmer betrat, hatte ich einen »guten formalen und emotionalen Kontakt«. Wenn ich nicht versuchte, mich mit dem Laken zu erwürgen oder einem wohlmeinenden Sozialarbeiter Kaffee ins Gesicht zu kippen, hatte ich »geringes Risiko für Suizid und Gewalt«. Wenn ich mich überhaupt *einbrachte,* trotz *niedriger* »Teilnahmekompetenz«, hatte ich meine Pflicht getan. Die anderen fassten mich nur an, wenn sie mich festhalten wollten, weil ich ausgerastet war. Selbst beim Ficken war der andere *so verdammt weit weg von mir,* und mir blieb sein Anruf am nächsten Tag erspart. Ich wurde in Ruhe gelassen, ich würde immer allein gelassen werden, allein, so fucking allein. Mann und Kinder würden mir erspart bleiben, arbeiten gehen würde mir erspart bleiben, ich müsste kein Mensch sein, ich könnte stattdessen Paragrafen und Diagnosen und Formulare sein. Ich wollte am liebsten gehasst und verachtet werden, das verlangte nichts von mir. Gefürchtet war auch in Ordnung, bewundert ebenfalls, dann wurde man noch immer in Ruhe gelassen. Aber geliebt? Warum sollte ich das wollen? Das hätte verlangt, dass ich eine Art Person wäre. Und wie wurde man das? Ich hatte keine Ahnung, wo ich anfangen sollte.

Ich trug die *Universitätsklinik Oslo*-Unterhose, sie war groß und weiß, ein Laken, das man über Krankheit breitet. Ich zog die Schlafanzugjacke an, knöpfte sie nicht ganz zu und wartete. Bjørn klopfte an. Dieses Klopfen. Ich ballte die Fäuste, schluckte dreimal. Ich musste den Film aussperren. Aber der lief, und Bjørn kam herein, ich saß da mit dem Rücken zur Wand.

Ich bringe deine Medizin, sagte er.

Ich hatte keine Ahnung, was ich tun sollte, deshalb fing ich an, die Jacke aufzuknöpfen.

Charlotte, sagte er und schaute weg, knöpf die Jacke zu.

Ich knöpfte die Jacke ganz auf. Er drehte sich um.

Wir reden weiter, wenn du angezogen bist, sagte er und schloss die Tür.

Ich hasste Bjørn, weil er so tat, als ob die Welt Farben hätte, als ob sie andere Muster als Vierecke in Formularen hätte, als ob ich nicht zwangseingewiesen wäre in eine Vergangenheit, die sich andere ausgedacht hatten, als ob es eine Sprache gäbe, die stärker war als meine Fäuste, als wäre ich einfach nur verdammt wütend, als wollte er wissen, *weshalb*, und nicht aufschreiben, *wie*. Er tat so, als wären wir ebenbürtig, obwohl er die Schlüssel zu dem Ort hatte, an dem ich wohnte. Als ob er sich für meine Träume interessierte, nicht nur für die Albträume.

Du hast dich offenbar stabilisiert, sagte der Arzt. Und wir schätzen das Selbstmordrisiko nicht mehr so hoch ein. Also werden wir dich am Montag entlassen.

Du wirst mir fehlen, sagte ich zu Kent. Du machst die Psychose gemütlich.

Wir sehen uns in der Alterspsychiatrie, sagte er.

Ja, sagte ich, dann führen wir tiefsinnige Gespräche über Pillen und Diagnosen und darüber, dass der Kaffee früher besser war.

Ich lege mir ausagierendes Verhalten zu, nur um ans Bett gefesselt zu werden, denn dann legen die mir eine Bettpfanne unter, und dann brauche ich mich nicht mit dem Rollator zum Klo zu schleppen, sagte er.

Ich werde mich genauso anziehen wie jetzt, sagte ich. Ich werde eine achtzig Jahre alte Kinderwhore sein.

Wir lachten, und ich dachte, dass die Psychiatrie zumindest eins geschafft hatte, nämlich, mir ein Ziel zu geben.

Einschätzung des Gewaltrisikos
Risikofaktoren: emotional instabile Züge und zwangsweise Einweisung

Einschätzung des Suizidrisikos
Pat. wirkt derzeit nicht suizidal, aber der vorausgegangene ernsthafte Versuch sowie die Persönlichkeitsproblematik legen die Annahme eines chronisch gesteigerten Selbstmordrisikos nahe.

Gesamteinschätzung
Symptombild der Pat., vor allem in Bezug auf Dissoziation, legt den Verdacht auf schwerwiegende Traumata nahe. Es scheint angeraten, das Jugendamt um weitere Betreuung zu bitten.

Medikamente bei der Entlassung:
Fluoxetin 40 mg
Sobril 15 g
Stilnoct 10 mg
Truxal 60 mg

TEIL V

Hier gibt es pro Tag vier feste Mahlzeiten, sagte Hilde. Zu festen Zeiten. Und feste Zeiten zum Schlafengehen. Das bist du vielleicht aus der Klinik so gewohnt?

Ich begreife nicht, warum man planen soll, wann man Hunger kriegt, sagte ich. Und müde wird.

Ich verstehe, dass das eine neue Situation für dich ist, sagte Hilde. Deshalb werden wir dir helfen, damit alles so leicht wie möglich geht.

Ich brauche keine Hilfe, sagte ich. Ich kann mit dem Leben umgehen, aber das Leben kann das leider nicht mit mir.

Ich war umplatziert worden. Wie ein Hund. Oder, eigentlich nicht. Wenn ich ein Hund wäre, der sich so aufführte wie ich, hätte man mich längst erschossen, und das wäre für alle Beteiligten das Beste. Stattdessen war ich hier. Es war sauber. Hell und weiß und Kiefernholz.

Anna war dreizehn, und sie war ein Kind. Sie ging mit leichten Schritten, schwenkte die Arme. Anna sah die Welt einfach nur an, sie verlangte nicht, dass die Welt zurückschaute. Sie lebt in einer gefährlichen Welt, dachte ich, gefährlicher als meine. Es wäre so leicht, sie zu zerstören.

Mama meint, dass du krank warst, sagte Anna. Was hattest du denn?

Ich war im Irrenhaus, sagte ich. Die Ärzte haben sich große Mühe gegeben, und am Ende ist es ihnen gelungen, mich verrückt zu machen.

Anna lächelte.

Ich finde nicht, dass du verrückt wirkst, sagte sie. Nur traurig.

Ihr Stil gefiel mir nicht. Er tat an einer Stelle weh, die weit jenseits meiner Haut lag.

Du weißt nichts über mich, sagte ich, ich bin nicht traurig. Ich bin hier, weil Mamas Typ mich lieber mochte als sie.

Passiert so was in der wirklichen Welt?, fragte sie.

Darüber weiß ich nichts, sagte ich.

Weißt du, dass der Kaffee im Krankenhaus so mies war, dass ich suizidal geworden bin? Deshalb musste ich so lange dableiben.

Ich finde nicht, dass man über Selbstmord Witze machen sollte, sagte Hilde.

Ich finde das verdammt komisch, sagte ich.

Ich hatte gedacht, wir wären jetzt fertig mit dem Selbstmordgerede, sagte Hilde.

Du musst das tun, was für dich funktioniert, sagte ich.

Ich ging hinaus auf den Hofplatz und sah Gunnar zu, der gerade das Pferd striegelte. Es war schwarz und hatte einen weißen Fleck zwischen den Augen.

Möchtest du Glück guten Tag sagen?, fragte Gunnar.

Ich musste lachen. Er war wirklich ein bisschen komisch.

Unser Pferd heißt Glück, sagte er.

Ach, hör doch auf, sagte ich, heißt der Hof dann auch *Home Sweet Home?*

Aber ich nickte. Ich hatte das mit den Menschen nicht geschafft. Ich konnte es ja mal mit einem Pferd versuchen. Gunnar schloss das Gatter auf, und ich ging hinein und verdreckte meine Ballerinas, meine Nägel würden schmutzig werden. Glück stand nur da und sah mich aus klaren braunen Augen an.

Traust du dich, zu ihm zu gehen?, fragte Gunnar.

Ich traue mich alles, sagte ich.

Ich ging zu Glück und legte ihm die Hand aufs Maul, er atmete warm und stupste mit dem Kopf gegen meine Schulter. Ich fuhr zusammen.

Das mit dem Stupsen machen Pferde oft, wenn sie Fohlen sind, sagte Gunnar. Den Menschen gefällt das meistens nicht, deshalb gewöhnen sie es sich ab. Aber wir haben ihn immer machen lassen. So grüßt er eben. Er mag dich.

Ich schüttelte den Kopf. Niemand mochte mich. Und darüber war ich froh.

Ich fuhr Glück über die Mähne. Sein Körper war so stark, er steckte fast in der Erde fest, ich konnte mich daran anlehnen, ohne dass er zerbrach.

Wollt ihr ein bisschen allein sein?, fragte Gunnar.

Ich nickte. Gunnar war nicht so dumm. Er begriff ein paar einfache Dinge. Ich legte die Arme um Glücks Nacken und lehnte mich an seinen Hals. So blieben wir einfach stehen, und plötzlich spürte ich etwas um mein Herz. Ich war ihm so *nah.* Ich konnte nicht nah sein. Ich war niemals nah gewesen. Ich hasste nah. Aber Glück war nur ein Tier, und er konnte mir nichts tun, und plötzlich spürte ich etwas hinter den Augen und im Hals, das ich mit sechs zuletzt gespürt hatte, und ich schmiegte mein Gesicht an Glücks Hals und ließ sein Fell nass werden.

Ich weine eigentlich nie, flüsterte ich Glück zu.

Dann versagte meine Stimme, und ich schluchzte in seine Mähne.

In der Klinik hatte ein Pfleger gemeint, mein Gehirn laufe zu schnell. Der Weg von Schwarzen Löchern zu Edgar Allan Poe bis dahin, dass ich mich aufhängen musste, bis dahin, dass ich mir die Nägel lackieren musste, sei ein bisschen zu kurz. Aber ich dachte, alle anderen Gehirne seien eben zu langsam. Ich konnte keine normale Gedankenkette bilden, die von einem zusätzlichen Glas Saft, das man zum Frühstück trank, über das Geschirr, das man in die Spülmaschine stellen müsste, zu dem schönen Wetter draußen führte. Es war ganz normal, eine Tasse Kaffee zu kochen und an Risse im Universum zu denken, die Licht schluckten, um dann aus dem Fenster zu schauen und zu denken, es sei ein guter Tag, um sich aufzuhängen, dass man sich aber die Nägel schneiden müsste, um das mit dem Strick eleganter zu gestalten, oder dass es cool wäre, mit langen schwarzen Krallen wie ein Vogel unter einem Baum schwebend aufgefunden zu werden.

Ich stand gerade auf dem Hofplatz und striegelte Glück, als Gunnar dazukam.

Ruhst du dich jemals aus?, fragte er.

Äh, nein, sagte ich. Ich bin nicht dumm.

Was passiert, wenn du dich ausruhst?

Dann kommen Gedanken, an die ich nicht denken will.

Das zehrt sicher arg an den Kräften, sagte er. Immer auf Posten zu sein.

Glaubst du, ich konnte mich zu Hause viel ausruhen, oder was?, fragte ich. Es gibt ja wohl einen Grund dafür, dass ich hier bin.

Aber jetzt bist du hier, sagte Gunnar. Und offenbar findest du bei Glück ein bisschen Ruhe. Ich frage mich, ob du etwas probieren möchtest, und zwar, auf ihm zu liegen und dich auszuruhen?

Ich zuckte mit den Schultern.

Ich werde wohl nicht gerade *ruhen*, aber ich kann es gern probieren.

Wie gut. Aber dann musst du die Kontrolle hergeben, sagte Gunnar. Und dich auf mich verlassen. Dass ich ihn festhalte. Und dass er dich nicht abwirft. Bist du dazu bereit?

Ich sah Glück an, sein blankes schwarzes Fell. Es war anstrengend, den ganzen Tag die Brust herauszustrecken und einen Knick im Kreuz zu haben, geballte Fäuste, zusammengebissene Zähne. Ich hatte Kopfschmerzen, gegen die nur Sobril oder Mamas Schmerzstillende etwas ausrichten konnten. Und die hatte ich jetzt nicht. Also sollte ich vielleicht einen Versuch wagen. Ich nickte.

Dann binde ich Glück hier an, und danach helfe ich dir hoch. Du hebst das eine Bein, und ich hebe das andere.

Ich nickte und hob den Fuß zu Glücks Rücken, spürte, dass Gunnar meinen anderen Stiefel packte, und bald saß ich auf Glücks bloßem Rücken.

Und dann drehst du dich mit dem Gesicht zu seinem Hintern, sagte Gunnar.

Ich drehte mich auf Glücks Rücken herum, legte mich mit dem Gesicht auf das glatte, staubige Fell. Ich ließ Arme und Beine hängen, sie waren plötzlich sehr schwer. Ich spürte seinen Atem an meinen Beinen, hörte seinen Magen knurren, unter meinem Körper vibrierte es. Mein eigener Atem und sein Atem gingen fast im selben Rhythmus, ab und zu bewegte er sich, wiegte sich wie ein Boot, ich dachte, ich könnte mit dem Kopf zuerst nach unten fallen, und es wäre gut so.

Das Pferd ist ein Beutetier, sagte Gunnar. Menschen sind Raubtiere. Das Pferd betrachtet dich als Jäger. Nicht du solltest Angst haben.

Aber ich habe keine Angst, sagte ich. Ich habe niemals Angst.

Das klingt beängstigend, sagte Gunnar. Niemals Angst zu haben.

Ich sah Glück an. Ich war an Körper gewöhnt, die einfach verschwanden. In den Schlaf oder in Pillen oder in die Arme von Menschen, die nicht ich waren. Glücks Körper war zu schwer, um zu verschwinden, wenn ich atmete. Gunnar und Menschen, die es sich leisten konnten, Angst zu haben, hatten nichts zu befürchten.

Du brauchst einen Helm, sagte Gunnar. Du kannst den von Anna leihen.

Ich setzte den Helm auf, befestigte ihn unter meinem Kinn, der Riemen spannte, und die Bilder kamen, natürlich kamen sie. Ich nahm den Helm ab und lehnte mich an die Stallwand, konnte nicht schnell atmen, jetzt, wo Gunnar hier war, aber mein Körper hatte wieder losgelegt, ich sank zu Boden und bekam keine Luft, wurde erwürgt, ich nahm eine Handvoll Kies vom Boden und schloss die Hand darum, spürte, wie sich die Steine in meine Haut bohrten, konzentrierte mich auf den Schmerz, am Ende ging mein Atem wieder normal.

Ich kann diesen Scheißhelm nicht aufsetzen, sagte ich zu Gunnar. Der ist zu fest.

Hast du deshalb eben Panik gekriegt?

Das war keine Panik. Ich hab nur ein bisschen schneller geatmet als sonst.

Ist in Ordnung, sagte er. Du kannst ohne Helm reiten.

Es war ein heller Sommertag, und nirgendwo gab es ein Versteck. Glück hatte seinen eigenen Rhythmus. Sein Schnauben. Wie er mit dem Schwanz schlug. Wie sein Körper immer in Kontakt zur Erde zu sein schien, auch wenn er lief.

Ich biss die Zähne zusammen, ballte die Fäuste. Ich stieg auf die kleine Trittleiter. Das war schwierig, ohne etwas zum Festhalten zu haben, außer dem Hals, aber ich holte aus und schwang das eine Bein über den Rücken. Ich spürte die Wärme seines Körpers an meinen Beinen. Bald saß ich auf dem bloßen Rücken und spürte die Muskeln und die Knochen und den wogenden Gang unter meinen Muskeln und Knochen, die nicht aus Furcht zitterten.

Gunnar hielt die Zügel, wie ein Vater, der ein Kind an der Hand hält. Die Hufe schlugen weich auf die feuchte Erde, wie ruhige Herzschläge. Wenn Glück schnaubte, spürte ich, wie sich seine Flanke unter meinen Beinen ausweitete. Ich schwebte nicht, ich war durch den Rhythmus mit der Erde verbunden. Ich sah Gunnars Haus an, dachte an das Mädchen, das dort wohnte, sie war so weit weg. Schau in die Richtung, in die du unterwegs bist, sagte Gunnar. Ich richtete den Blick auf die Stelle zwischen Glücks Ohren, dann weiter auf die Felder, presste die Beine an seine

Flanken. Glück ging schneller. Ich merkte, dass ich jemanden dazu bringen konnte, etwas zu tun, einfach durch meinen Körper. Das war das Gegenteil davon, woran ich gewöhnt war.

Ich ging durch das Gatter und zu Glück. Er kam mir entgegen. Stupste meine Wange mit dem Kopf an und schnaubte. Er ging ein wenig zur Seite, machte sich bereit zum Pissen. Und da sah ich es. *Glück hatte ein Geschlechtsorgan.* Das ging nicht. Das war falsch. In meiner Glückswelt waren alle aus Plastik. Wie Spielfiguren. Niemand roch nach etwas. Niemand hatte eigene Gefühle, Gedanken, Motive, alle waren Figuren, die ich nach Belieben umherschieben konnte. Übelkeit erfüllte mich, ich ging in die Mitte des Geheges und spürte meinen Herzschlag und wie sich mein Gehirn öffnete. Es öffnete sich, und aller Inhalt glitt hinaus, meine Beine zitterten, mein Mund war wie ausgedörrt, und mein Kopf so leer und offen wie das Feld hinter dem Gehege. Plötzlich spürte ich, dass etwas meine Schulter anstupste. Es war Glück. Er stupste mich mit dem Maul an, holte mich zurück. Zum Geruch von Pferd und Dünger, von Schlamm und Gras. Ich drückte Glück, fest.

Kein Wunder, dass du Angst hattest, sagte Gunnar, er hatte mich im Gehege gesehen. Vor einem so großen Hengst. Es ist überhaupt kein Wunder.

Du weißt *nichts* über mich, sagte ich. Ich könnte im Krieg sein und würde mich trotzdem nicht fürchten.

Habt ihr hier keinen Nagellack?, fragte ich Anna.

Ich hatte in den Regalfächern im Badezimmer gesucht und nur Medikamentenpackungen ohne rote Dreiecke und eine Packung Antibabypillen gefunden.

Das ist komisch, sagte ich, ihr habt Tupperdosen und elektrische Zahnbürsten, aber ihr habt keinen Nagellack, was seid ihr eigentlich für Menschen?

Ich durchwühlte Hildes Schminktasche, sie hatte nur Lippenstift und Rouge und Wimperntusche, das war tatsächlich alles. Und Anna hatte gar nichts im Gesicht. Es war, wie nackt durch ein Einkaufszentrum zu gehen. Komm mit in den Laden, sagte ich, dann besorg ich dir alles, was ein Mädchen zum Überleben braucht.

Wir gingen ins Zentrum, sie mit Armen, die beim Gehen hin und her schwangen. Sie hielt Ausschau nach Walderdbeeren. Einfach so durch die Gegend zu laufen, dachte ich, sich nicht darüber im Klaren zu sein, dass sie ein Mädchen ist, kleine mollige Brüste, bleiche Beine mit Haarflaum, der nur aus nächster Nähe zu sehen ist, und nicht zu wissen, dass Männer dich ansehen und dass du entweder weglaufen oder zurückstarren musst.

Schau mal, flüsterte ich, als wir bei H&M waren, schau mal, was man alles klauen kann. Es gab einen lila Nagellack, der mir gefiel. Ich schob die Testflasche in meine Handtasche, Testflaschen lösen keinen Alarm aus. Ich nahm ein Testlipgloss und ließ ihn in Annas Tasche fallen.

Aber ..., sagte sie.

Hör zu, sagte ich, ich hab Pillen und Zigaretten und was weiß ich noch alles geklaut. Ich habe sogar meiner Mutter den Typen geklaut. Die Welt liegt da und wartet auf dich. Du brauchst bloß zuzugreifen.

Das mit dem Typen von deiner Mutter, sagte Anna und runzelte die Stirn, das klingt aber nicht ganz so gut.

Ich weiß nicht, ob du dich dazu äußern solltest, was *gut* ist, sagte ich, deine Mutter trägt Crocs und einen Fleecepullover.

Wenn das stimmt, was du über diesen Typen sagst, dann ist das – überhaupt nicht gut.

Ich sah sie an. Ich sah das kleine sommersprossige Gesicht und die blonden Haare und die dreckigen Stallmädchennägel. Sie hatte doch keine Scheißahnung. Sie glaubte, sie konnte einfach kommen und irgendetwas meinen, über Dinge, die sie nicht einmal wissen dürfte. Ich nahm mir einen Lipgloss und einen Lidstift und einen Lippenstift und stopfte alles in ihre Tasche.

Wir gehen, sagte ich.

Wir gingen vorbei an Rentnerinnen und Schaufensterpuppen und Teenies und Kinderwagen. Draußen steckte ich mir eine Zigarette an und gab ihr auch eine.

Äh, ich rauche nicht, sagte sie.

Tust du wohl, sagte ich.

Sie hustete, und ich sog den Rauch ein.

Du weißt *nichts* über mich, sagte ich zu Anna, und darüber weißt du auch *nichts.*

Entschuldigung, sagte Anna. Es ist nur, dass du – du tust so, als wäre alles in Ordnung, du tust, als ob du so stark wärst, aber allen ist doch klar, dass es dir saudreckig geht.

Plötzlich haute ich ihr eine rein. So hart, dass meine Hand wehtat. Sie wich zurück. Ich sah den Schock in ihrem Gesicht. Dann riss sie sich zusammen.

Ich sag meinen Eltern nichts, sagte sie.

Gut für dich, sagte ich.

Ich lief los. Ich lief vom Parkplatz und zur Asphaltstraße mit den Feldern auf der rechten Seite, ich lief vorbei an den Häusern und hielt bei einem kleinen Hof und nahm Anlauf und trat ein Motorrad um, es kippte auf den Hofplatz, und ich lief weiter, war mir doch scheißegal, ob mich jemand gesehen hatte, ich fand Steine auf dem Kiesweg, wo ein Auto geparkt war, und mit den Steinen zerkratzte ich das Auto und lief weiter, zum Haus von Gunnar und Hilde, kam draußen vor der Tür wieder zu Atem.

War es nett im Einkaufszentrum, fragten sie.

Jepp, sagte ich.

Totales Versagen. Was würde die Kinder- und Jugendpsychiatrie sagen. Ich hatte es offenbar nicht geschafft zu »mentalisieren«, meine Fähigkeit zur »Emotionsregulierung« war nicht vorhanden, ich war eine, die kleine Mädchen schlug und Motorräder umwarf und Autos zerkratzte. Und jetzt würde ich mich betrinken. Ich ging in den Keller, und sie hatten alles, was man brauchte. Wein. Bier. Schnaps. Ich setzte mich auf den Boden, zusammen mit Staub und Spinnen, und machte eine Flasche Wodka auf. Psychiatrie und Jugendamt hatten »Nulltoleranz«, wenn ich trank. Aber sie hätten mal wissen sollen, wie es war, in meinem Kopf zu sein. Ich trank den ersten Schluck. Es brannte. Ich trank noch einen und merkte, dass meine Wangen heiß wurden. Und meine Gelenke weich. Vielleicht sollte ich zu Gunnar hochgehen, dachte ich, die Maschine übernehmen lassen, sehen, wie er reagierte. Dann werde ich hier rausgeworfen, dachte ich, und Glück verschwindet für immer aus meinem Leben. Ich lehnte mich an die Betonwand und trank noch drei Schluck. Der Kellerboden fing an zu schlingern. Ich trank mehr und dachte, es sei verdammt noch mal nicht gerecht, dass ich so ein Leben hatte, dass Anna ein eigenes Pferd und eine eigene Familie haben konnte, während mir alles nur geliehen wurde. Ich müsste nach oben gehen, dachte ich, und denen verdammt noch mal meine Meinung sagen, ich trank noch mehr, ich wollte aufstehen, aber schaffte es nicht. Ich merkte, wie die Kotze in mir aufstieg, und ich kotzte auf den Boden, ich legte mich daneben, die Erinnerungen waren weit weg, und ich schloss die Augen.

Ich wurde in meinem Zimmer wach, na ja, »in meinem Zimmer«, aber jedenfalls in einem Bett. Ich sah mich im Spiegel an. Ich hatte Erbrochenes auf dem Pullover, und die Schminke von gestern war um meine Augen verschmiert. Sie hatten mir nicht mal mit einem Lappen die Schminke abgewischt oder mir ein Nachthemd angezogen, während ich schlief, wie ich das immer mit Mama gemacht hatte, sie waren offenbar nicht imstande, sich um jemanden zu kümmern. Ich zog mir ein sauberes Babydoll an und ging in die Küche, um mir ein Glas Wasser zu holen. Da saßen Gunnar und Hilde und sahen mich an, als ob ich ihnen wichtig wäre. Das hatten sie sicher im Pflegefamilienkurs gelernt.

Wie ist die Form?, fragte Gunnar.

Ähm, sagte ich.

Ich ließ Wasser in ein Glas laufen und trank es in einem Zug.

Das ist ja wohl nicht ganz so gut gelaufen. Lies den Krisenplan. Darin steht, dass du mit uns reden musst, wenn es schwierig wird.

Ich habe mit der Flasche geredet.

Und wie fühlst du dich jetzt? Besser?

Allerdings, sagte ich. Jetzt ist alles gut.

Der Krisenplan. Den hatte ich von der Jugendpsychiatrie bekommen, und ich musste mit Kopfschmerzen im Bett liegen und ihn ansehen, während ich die Augen kaum mehr offen halten konnte.

KRISENPLAN CHARLOTTE JACOBSEN

Falls ich überaktiviert bin
- mich daran erinnern, dass ich im Hier und Jetzt bin
- spazieren gehen und mich auf die Sinne konzentrieren
- Dinge anfassen
- Dinge ansehen
- Wenn das alles nichts hilft: zum Notarzt gehen/Krankenwagen anrufen

Falls ich unteraktiviert bin
- die Übung »den Körper wecken« machen
- verschiedene Sinne aktiv aktivieren
- die Füße auf dem Boden spüren
- Wenn das alles nichts hilft: zum Notarzt gehen/Krankenwagen anrufen

Unterstützende Sätze
Das ist nicht gefährlich – ich zerbreche nicht vor Angst. Die Angst geht immer vorüber.
Was geschehen ist, geschieht nicht jetzt. Es ist jetzt vorbei.
Struktur ist gut für mich. Auch wenn es mir schwerfällt, dem Plan zu folgen, versuche ich, genau das zu tun.

Ich weiß noch, dass ich zwölf Jahre alt war und »Vagina« googelte. »Vagina oder Scheide, Vagina, gr. Kolpos, Gebärkanal und Paarungsorgan bei der Frau; bildet die Verbindung zwischen den äußeren und den inneren Geschlechtsorganen und damit den Ausgang für das Blut während der Menstruation.« Und ich dachte, das sei eine einfache Beschreibung, aber ich lernte daraus nichts über das, was ich nicht verstand, dass »Vagina« die *Stelle* war, der Tatort und zugleich ein Nichtort, dass es dort Schmerz geben konnte und dass sie taub sein konnte und nichts spüren, wie kleine Hände, die zu lange draußen in der Kälte gewesen sind.

Seit ich zwölf gewesen war und »das, was passierte« zu passieren begann, schienen Männer etwas an mir riechen zu können. Einige fuhren jetzt langsamer, wenn ich vorbeiging, starrten mich auf der Straße an, fragten, ob ich ein Stück mitfahren wollte, ob ich etwas aus dem Einkaufszentrum wollte. Als ob sie die Spalten und Risse sehen konnten, das Blut wittern, wie Hunde. *I am doll eyes, doll mouth, doll legs. I am doll arms, big veins, dog bait.* Ich hätte gern gewusst, wie es für Anna war, so wie Anna zu sein, so reine und gleichmäßige Haut zu haben, so niedlich und weiß und gesund wie Milch zu sein.

Glück atmete im Stall. Ruhig. Ich streichelte seinen Hals, und er zuckte nicht zusammen, er presste sich nur gegen meine Hand, ich wusste nicht, was sein Puls war und was meiner. Wie einer, der neben dir schläft und dich seine Haut streicheln lässt, ohne zu erwachen. Der es spürt und beschließt, nicht aufzuwachen. Ich küsste ihn auf den Hals. Ich schob ihm die Trense in den Mund wie ein Stück Zucker. Meine Träume waren süß, schwarz, bitter. Sie küssten die Albträume, das ließ sie so werden. Ich küsste ihn aufs Maul. Sein Atem roch nach nassem Gras. Er blähte die Nüstern, schob mich aber nicht weg.

Er mag dich, sagte Anna.

Niemand mag mich, sagte ich, alle haben Angst vor mir.

Ich habe keine Angst vor dir, sagte Anna.

Das ist dein Problem, sagte ich.

Sie hob das Zaumzeug von der Stallwand und schob ihm die Trense in den Mund. Sie zog die Riemen an. Ihre Hände konnten solche Dinge.

Ich mag dich, sagte Anna. Ich finde dich cool. Hübsch.

Ich sah sie an. Was war nur los mit ihr, was redete diese Drecksgöre bloß. Ich ging zur Treppe des Vorratshauses und setzte mich, steckte mir eine Zigarette an und nahm einen Zug, tief in die Brust, die so wehtat, dass ich Angst hatte, sie könnte vor zu viel Leere bersten.

Der Sattel hing an der Stalltür. Ich ließ ihn hängen. Wir trabten zum Feld hinüber. Das Gehege rahmte uns ein, der Acker war gelb und grün, und die Fliegen hielten sich fern. Ich konnte seine Atemzüge an meinen Oberschenkeln spüren, beugte mich vor, bohrte den Kopf in die Mähne, drückte ihm vorsichtig die Beine gegen die Flanken. Er steigerte das Tempo. Der Trab war rhythmisch, als ob er einen Kinderwagen wiegte. Wir tanzten um das Feld, es war hart und weich und warm und kühl, die Welt drehte sich um mich, ich wünschte, Bjørn könnte mich jetzt sehen, wie erwachsen ich war, erwachsen genug für ein Tier, älter als meine Mutter.

Im Wohnzimmer schaltete ich den Fernseher ein. In einem Talkshowstudio weinte ein blondes Mädchen. Sie war überfallen worden. Es gab offenbar eine Welle von Vergewaltigungen, sie weinte und fand keine Worte, aber am Ende fand sie sie dann doch. Das Publikum und die anderen Studiogäste sahen sie mitfühlend an, und als sie fertig war, sagte der Moderator: Tausend Dank, dass du deine heftige Geschichte mit uns geteilt hast. Ich schaltete den Fernseher aus. Natürlich, sie hatte eine »heftige« Geschichte. Obwohl sie zweiundzwanzig war, war sie sicher sofort nach Hause gegangen und hatte Mitgefühl bekommen. Und jetzt saß sie im Studio, und alles an ihr war rein und blond, und natürlich war der Überfall eine *Abweichung* gewesen, ein *Schock*, ein einmaliges Vorkommen, eine Katastrophe. Es war ihr passiert, weil sie so rein war, reine Dinge besudelt man doch gern. Es war mir passiert, weil ich so schmutzig war, dass es keine Rolle spielte. Alle konnten mit mir machen, was sie wollten, weil ich ohnehin schon kaputt war. Und deshalb spielte es auch für mich keine Rolle. Win-win für alle.

Ich klopfte bei Anna. Sie saß im Bett, ihre Haare waren zerzaust, ihr Gesicht war schweißnass vom Sommer und nicht vor Angst. Ich musste sie beschützen. Ich musste ihr früh beibringen, dass alles passieren konnte, dass das Beste, was man tun konnte, war, sich von Herz und Körper abzukoppeln, weil man dann gut zurechtkommen konnte. Am Ende würde sie sein wie ich, sicher, weil sie niemals stärker beschädigt werden konnte, als sie es ohnehin schon war. Und dann konnte ihr niemand etwas tun.

Ich suchte in Gunnars Jacke, der mit dem Logo der Einkaufsgenossenschaft, bis ich seine Brieftasche mit einem Zweihunderter gefunden hatte. Ich brauchte Tabak und Cola light, man musste Prioritäten setzen.

Unten beim Genossenschaftsladen fuhr ein Auto langsam hin und her. Ein roter Volvo Amazon, der Trancebeat hämmerte in meinen Ohren. Der Wagen fuhr noch langsamer, als er sich mir näherte, ein Typ starrte aus dem Fenster und hupte, ich lächelte, und er hielt an.

Dich hab ich hier noch nie gesehen, sagte er und beugte sich aus dem Fenster.

Dann hast du bisher Glück gehabt, sagte ich.

Komm rein, sagte er. Er schob sich einen Priem unter die Lippe und gab mir auch einen, drehte die Musik leiser.

Ich bin Charlotte, sagte ich. Ich bin fünfzehn.

Kenneth. Dreiundzwanzig.

Perfekt.

Der Wagen fuhr so langsam, dass die Leute auf dem Bürgersteig uns überholten. Ich fand es gut, angesehen zu werden. Er drehte die Musik wieder auf. Der Bass dröhnte so sehr, dass der Sitz bebte. Am Geldautomaten stand ein Mädchen mit gebleichten blonden Haaren, BABE stand auf ihrer Jogginghose. Ich beugte mich zur Hupe und drückte darauf. Sie drehte sich um. Er fing an zu lachen. Ich ließ mich zurücksinken, bewegte den Kopf zur Musik, fand den Rhythmus.

Hühner nehmen alles Mögliche in den Schnabel. Genau wie ich. Als Hilde mich also fragte, ob ich nach dem Essen die Hühner füttern könnte, kippte ich die Essensreste in eine Tupperdose und ging hinaus in den Hühnerhof. Ich verteilte das Essen auf dem Boden, und die Hühner machten sich darüber her, pickten gierig und kakelten zufrieden. Plötzlich kam Hilde aus dem Haus gelaufen.

Großer Gott, sagte sie. Hast du ihnen *Hähnchen* gegeben?

Ich sah einem Huhn hinterher, das mit einem Hähnchenbein im Schnabel davonlief, und ich war sicher, dass es lächelte. Ich fing an zu lachen.

Es war nicht deine Schuld, ich hatte nicht nachgedacht. Wie schrecklich, sagte Hilde.

Erst kommt das Fressen, sagte ich, dann kommt die Moral.

Du bist so hübsch, sagte Anna, wie ein Model oder so.

Ja, danke, sagte ich, ich kann sehr gut in die leere Luft starren, da könnte ich vielleicht wirklich Model werden.

Ich meine das ernst, sagte Anna, Mama sagt, sie glaubt, dass du vergewaltigt worden bist, und das kann ich ja verstehen, so hübsch, wie du bist. Mich sieht doch keiner auch nur an.

Aber, aber, sagte ich, du wirst sicher auch noch vergewaltigt, wenn du erst älter bist.

Kann ich eine rauchen, fragte Anna.

Sie sah mich an mit dem Blick eines Kindes, das um Süßigkeiten bettelt. Sie lernte schnell. Ich konnte nicht Nein sagen. Anna paffte nur. Du musst den Rauch verschlucken, sagte ich, der kommt tiefer herein, als du glaubst. Du musst nur denken, dass es keine Grenze gibt. In der Welt draußen passt niemand auf dich auf, dein Körper ist alles, was du hast, aber er gehört dir nicht. Verstehst du? Anna sah mich an, zog an der Zigarette. Der Rauch blieb einige Sekunden in ihr, dann ließ sie ihn hinaus. Das machst du aber gut, sagte ich, sie lächelte.

Ich werde dir helfen, von den Jungs gemocht zu werden, sagte ich. Du musst nur ein bisschen üben.

Anna sah mich an, ihre Augen waren größer und blauer als sonst. Sie war dreizehn Jahre alt, und sie war ein Kind.

Dann sind wir einige Stunden weg, sagte Hilde, ihr kommt doch sicher allein zurecht?

Jepp, sagte ich, wir dachten, wir könnten Glück fertig machen und eine Runde reiten.

Wollt ihr 'nen Korken?, fragte Kenneth. Wir saßen in seiner Wohnung, die stickig und heiß war.

Ich nickte. Er goss GHB, Liquid Ecstasy, aus einer Colaflasche in den Kronkorken, und ich nahm einen Schluck.

Es brannte, es war ein scharfer Salzgeschmack, wie aus dem Meer zu trinken.

Nimm nur einen kleinen Schluck, sagte er. Du willst doch nicht ganz und gar weggetreten sein. Es ätzt dir das Gehirn weg.

Es ätzt das Gehirn weg?, fragte ich. Kann ich die ganze Flasche haben?

Er lachte und gab Anna den Kronkorken, sie trank einen kleinen Schluck.

Na los, sagte Kenneth, du schaffst doch noch etwas mehr, und Annas Wangen wurden röter als sonst, sie ließ sich zurücksinken und schluckte. Etwas leuchtete in ihren Augen, die Glut eines Kindes, das mit Streichhölzern spielt.

Kenneth gab mir eine Schnapsflasche, ich trank einen Schluck. Ich spürte nichts, nur den Schnaps, der mir im Hals brannte. Anna sank auf dem Sofa nach hinten, ihr fielen die Augen zu.

Ich spüre nichts, sagte ich, aber plötzlich spürte ich, dass mein Herz lächelte. Das Blut brauste wie Champagner. Ich kam mir vor wie eine ganz andere. Ein guter Mensch. Eine, die von anderen gemocht wurde. Eine, die dazu gehörte. Ich fand mich gut. Ich sah Anna an, die auf dem verdreckten Sofa halb saß, halb lag, jetzt war sie meine Schwester, eine, die auf schmutzigen Sofas einschlief und der es egal war, was passierte. Sie hatte Glück. Ich hatte Glück.

Ich trank mehr aus der Flasche. Mir wurde schwindlig und schlecht, aber der Rausch umhüllte meinen Kopf wie Nebel. Ich sah Annas Beine an, mir ging auf, dass Mädchen am hübschesten waren, wenn sie schliefen, wenn das Gehirn ausgeschaltet war. Warte, sagte ich zu Kenneth, ich setzte mich auf, beugte mich über Anna. Ich wollte nur ein wenig ihre Haut berühren. Ihre Halsgrube anfassen. Die Senke im Nabel. Ich strich mit leichten Fingern über ihren Hals, spürte ihren Puls an meinem, er war sanft wie ein Schmetterling. Ich schob meine Hände über ihre flache Brust, ihr Atem war ruhig wie bei einem schlafenden Kind. Anna blinzelte. Lass mich in Ruhe, sagte sie. Kenneth zog sie zu sich, und ich merkte, dass ich schwer wie Zement wurde, jetzt passiert es wieder, dachte ich, es geht gut, es geht gut, es geht gut. Er öffnete ihren Hosenschlitz, schob die Finger hinein, ich stand auf. Ich ging in die Küche und trank ein Glas Cola, lehnte mich an die Wand, und hörte auf meinem Telefon Courtney Love: *I want to be the girl with the most cake, I love him so much it just turns to hate. I fake it so real, I am beyond fake, And someday, you will ache like I ache.*

Natürlich ging sie zu ihren Eltern. Natürlich nahmen die das ernst, natürlich tat sie ihnen leid, natürlich waren sie stinksauer auf mich. Natürlich galten für eine wie sie ganz andere Regeln. Ich war es nicht gewohnt, angeheult und angeschrien zu werden, fast war es, als ob ich wichtig wäre.

Ich beschloss, nie mehr an sie alle zu denken, und das gelang mir gut. Es ist eine andere Geschichte, und ich habe keine Lust, sie zu erzählen.

TEIL VI

Ich wurde sechzehn. Die Psychiatrie meinte, das Jugendamt sei zuständig, das Jugendamt meinte, die Psychiatrie sei zuständig. Die Psychiatrie gewann, ich endete in einer Einrichtung des Jugendamtes. Meine »antisozialen« Züge machten mich zu einem schwierigen Fall, der dressiert werden musste, weil Mama das nicht gelungen war. Es gab Glasteller und echtes Besteck, ein Playstationzimmer, in dem wir nie zu zweit sein durften, nur für den Fall.

Vertrauen, sagte Margit, die eine meiner Kontaktpersonen sein sollte. Vertrauen ist das Stichwort, an das wir uns halten. Du kannst weglaufen, aber das wird niemandem eine Hilfe sein. Bleib hier.

Sicher doch. Ein Vertrauenssystem, bei dem sie zufällig im Personalzimmer Zwangsprotokolle schrieben. Warum redete sie so mit mir. Das war noch schlimmer als die vielen Fremdwörter.

Ich hoffe, du hast keine Angst vor Insekten, sagte Margit, als sie mich herumführte.

Was sollte man darauf antworten. Natürlich hatte ich Angst vor Insekten. Ich hatte Angst, die Fliegen könnten die Wunde zwischen meinen Beinen riechen und darum herumschwärmen. Ich hatte Angst, so lange weggetreten zu sein, dass die Würmer mich für tot hielten und in mich hineinkrochen.

Ich schüttelte den Kopf.

Schau mal, wir haben Stabschrecken, sagte sie und nickte zu einem Glaskasten über dem Bücherregal hinüber.

Ich schaute hinein. Ein Insekt von der Größe meiner Hand streckte sich von der Spitze einer Grünpflanze mit seinen Stäbchenhänden zu der Glaswand hinüber. Ich tippte die Glasscheibe an. Das Insekt reagierte nicht.

Charlotte, sagte Margit, du darfst sie doch nicht quälen.

Ihr habt sie doch in eine kleine Kiste gesperrt, sagte ich.

Wir durften nicht zusammen allein bleiben, immer musste Personal dabei sein. In der Küche zählten sie jeden Tag das Besteck, und das Brotmesser war an die Schublade gekettet. Ich dachte, dass das kein Hindernis zu sein brauchte. Ich könnte zum Beispiel einen Typen mit Kapuzenpulli, Yousef, unter dem Vorwand, dass ich knutschen wollte, zur Schublade locken, und dann könnte ich die Schublade aufziehen und ihn erstechen. Die Motivation war vielleicht nicht so klar zu erkennen, aber ich dachte, ich könnte mich im Frauengefängnis wohlfühlen, zusammen mit Ladys, die sich alle eine Träne unter das Auge tätowiert hatten. Na ja. Da all meine Kleider schmutzig waren und in der Waschmaschine lagen, musste ich eine *fucking* Trainingshose und ein T-Shirt, auf dem *DON'T WORRY BE HAPPY* stand, tragen, und der witzige Betreuer Mattis sagte, auf meinem müsste stehen DON'T WORRY BE SNAPPY. In dieser Kleidung fühlte ich mich nicht so sexy wie sonst (Yousef sagte, für ein Snickers würde er mich vielleicht vögeln), ich kam mir vor wie ein Kleidungsstück aus dem Laden der Heilsarmee: ein Fundstück. Zur Seite gelegt. Gespendet.

Ich fragte mich, ob sie mich an Orte mit klaren physischen Grenzen steckten, weil ich durchsichtig, durchdringlich war, alles konnte in mich hinein, und ich glitt in andere. Einmal, in der fünften Klasse, saß ich in einer Mathestunde ganz hinten im Klassenzimmer und zeichnete, als der Lehrer fragte, ob ich nach der Stunde noch einen Moment bleiben könne. Darf ich deine Zeichnungen sehen, fragte er, wo du nicht gerechnet hast? Ich zeigte ihm ein Bild einer Voodoopuppe voller Nadeln, wer ist das?, fragte er, das bin ich und alle anderen, die ich hasse, sagte ich.

Verhalten
X hat während ihres Aufenthaltes im Heim abwechselnd traurig, ängstlich, aggressiv und ausagierend gewirkt. Sie war bereit, mit dem Personal zu sprechen, wirkte aber oft misstrauisch und vorwurfsvoll, und es war schwierig, das notwendige Vertrauen aufzubauen. Ein durchgängiges Problem waren ihr aufreizender Kleidungsstil und ihr herausforderndes Auftreten, was bei mehreren Jungen in der Abteilung zu Schwierigkeiten geführt hat. Ein Fall von Mobbing gegen einen anderen Jungen, der einen Hintergrund als Übergreifer hat, machte die Lage so schwierig, dass er verlegt werden musste. Bei mehreren Gelegenheiten ist sie nur in ein Handtuch gewickelt von der Dusche zu ihrem Zimmer gegangen, und mehrmals hat sie sich bei Jungen auf den Schoß gesetzt, bis das Personal eingriff. Sie hat auch versucht, sexualisierten Kontakt zum männlichen Personal aufzunehmen.

Licht, Kamera, Action. Im Personalzimmer gab es eine Überwachungskamera, damit sie uns im Auge behalten konnten, wenn wir draußen auf dem Hof waren. Ich hatte im Supermarkt einen rosa Lutscher gekauft (er kostete zwei Kronen, es war das erste Mal, dass ich dafür bezahlte, an irgendwas zu lutschen), und daran leckte ich, während ich mein Kleid vor der Kamera hochzog, sodass meine nackten Oberschenkel zu sehen waren. Mattis machte die Tür auf.

Und was soll diese Vorstellung?, fragte er. Ich steckte den Lutscher in den Mund und saugte daran, um nichts sagen zu müssen.

Sie hatten viele Namen für uns Jugendliche, Bewohner, Benutzer. »Benutzer«. Das passte doch gut. Wir benutzten Dope und einander. Wir benutzten Körper, Vertrauen, Schwächen der anderen. Ein anderes immer wiederkehrendes Wort war »Missbrauch.« Leute »missbrauchten« Drogen, einige von uns waren als Kinder »missbraucht« worden. Ich betrachtete Körper und Dope lieber als etwas, das im freien Fluss war. Wenn du etwas fandst, nahmst du es. Es war doch bloß Physik und Chemie. Vielleicht endetest du einmal auf dem Boden oder wurdest in ein Bett gepresst, aber beim nächsten Mal warst du wieder oben. Die Leute waren im Allgemeinen viel zu sehr damit beschäftigt, alles in gut/schlecht, Opfer/Täter, erlaubt/verboten einzuteilen. Es war besser, es einfach passieren zu lassen. Wenn du Opfer warst, brauchtest du Trost, warst du Täter, brauchtest du Vergebung, warst du beides, konntest du dich selbst trösten und dir vergeben. Ich war gemeiner zu mir selbst, als irgendein anderer das gewesen war, und so gesehen hatte ich gewonnen.

Familie/Umgang
X wollte anfangs keinen Kontakt zu ihrer Mutter, und sie betonte nicht zuletzt, dass sie die Wohnung ihrer Mutter nicht aufsuchen will, da sie damit traumatische Erinnerungen verbindet. Die Kinder- und Jugendpsychiatrie bestätigt, dass ein solcher Besuch für sie retraumatisierend sein könnte. Die Abteilung steht in einem engen Dialog mit der Mutter, die ihre Tochter dringend sehen möchte. Jugendamt, Mutter und Abteilung haben den Kompromiss erarbeitet, dass Mutter und Tochter einmal in der Woche per Skype miteinander reden. Ein Problem ist, dass die Mutter diese Verabredungen regelmäßig verschläft.

Durch die Art, wie ich mich anzog und schminkte, habe ich versucht, die Illusion zu erwecken, dass ich zusammenhänge, ein Ganzes ergebe. Als ich Oda im Aufenthaltsraum begegnete, fand ich sie sofort mutiger als mich. Sie trug Combatstiefel mit gelben Schnürsenkeln, eine Brille und hatte grüne Haare. Nichts an ihr hing zusammen, es wirkte, als wären unterschiedliche Körperteile von unterschiedlichen Puppen auseinandergerissen und neu zusammengesetzt worden. Sie hatte Narben im Gesicht, die noch weißer waren als ihre Haut. *Narben im Gesicht.* Sie sah aus wie alles, was ich zu verbergen versuchte. Die Risse in meinem Gehirn waren konkrete Linien auf ihren Armen. Mein Gefühl, dass der Kopf nicht mit dem Hals zusammenhing und die Beine nicht mit dem Rumpf, sah man ihr deutlich an. Dann setzte ich mich neben sie aufs Sofa.

Charlotte, sagte ich. Bist du schon lange hier?

Lange genug. Gehst du schon zur Schule?

Ich fange morgen an.

Da kannst du dich freuen, sagte sie. Es ist nicht gerade cool zu sagen, dass man im Heim wohnt.

Doch, sagte ich. Es geht darum, die anderen sofort abzuschrecken. Dann brauchst du das nicht mehr zu tun, wenn sie dich kennengelernt haben.

Ab und zu erkannte ich mich selbst nicht im Spiegel, als ob ich eine andere sähe, der einiges passiert war, während ich selbst nichts damit zu tun hatte. Ich? Mich? Ich besaß mein eigenes Gesicht nicht und auch nicht meinen eigenen Mund, aber mein Name war meiner, und ich wiederholte ihn wie eine Beschwörung: Charlotte, Charlotte, Charlottte. Und dann gab es noch zwei Dinge, beide aus Papier: Bücher und Rezepte.

Aktivitäten

X hat an keinerlei organisierter Aktivität innerhalb oder außerhalb der Abteilung teilgenommen. Sie verbringt jedoch viel Zeit in der lokalen Bücherei, wohin sie vom Personal gefahren wird. Sie bringt eine große Freude darüber zum Aus-

druck und nimmt oft Bücher mit zurück ins Heim. Das Personal findet es besorgniserregend, dass sie sich in so hohem Grad für sexualgewalttätige Literatur entscheidet und für Lyrik, die sich auf Selbstmord konzentriert, aber X behauptet, das geschehe aus rein philosophischem Interesse. Das Lesen muss insgesamt als positive Entwicklung in ihrem Leben betrachtet werden, da sie ihre Fähigkeiten und ihren Intellekt benutzen kann.

Am ersten Schultag schminkte ich mich besonders stark und klebte mir künstliche Wimpern an. Ich hatte mir Extensions gekauft, sodass meine Haare doppelt so lang waren, ich befestigte sie mit einer Spange. Wenn ich so viel von mir wie möglich mit Puder, Akrylnägeln und Keratinhaaren bedeckte, würde mich niemand darunter sehen. Erkennen, wer ich war. Was ich war. Ich ging über den Schulhof und hielt Ausschau nach Leuten, die schwach aussahen. Brille. Übergewicht. Falsche Kleidung. Egal was. Aber ich merkte es, als ich ins Klassenzimmer ging. Wie die anderen starrten. Nicht vor Angst. Eher ... eher, als ob sie irgendetwas an mir komisch fänden. Als ob sie Schwäche sähen. Sie hatten es falsch verstanden. Ich bin stark, ich bin stark, ich bin stark.

Das sind Oda und Charlotte, unsere Neuen, sagte der Lehrer.

Jemand ganz hinten in der Klasse stieß einen Pfiff aus.

Ja, ja, dachte ich, wenn du nicht witzig sein kannst, kannst du wenigstens lächerlich sein.

Wir standen auf dem Mädchenklo und sahen unsere Gesichter im Spiegel an.

Ich beugte mich zu Oda hinüber. Ihre Lippen waren weich an meinen, ein bisschen zu weich, deshalb biss ich zu. Ich zog sie in eine Klozelle. Der Rest war genauso, wie er sein sollte. Kalt, mechanisch. Ich sank auf die Knie und ja, es gefiel mir, mir gefielen Geschmack und Geruch, ich spürte das weiche, süße Zittern, das sich sonst einstellte, wenn ich an Selbstmord dachte – *Begehren* –, aber als sie meine Haare und meinen Nacken packte und mich an sich presste, fing mein Herz an zu lärmen, und mein Gehirn stand still, das Einzige, was ich wusste, war: »Ich kann das nicht«, dann stellte ich mir vor, ich sei Prostituierte, und dann konnte ich. Danach wollte sie es bei mir machen, und das war in Ordnung, bis es sich aufbaute, bis es mir gefiel, da schob ich sie weg.

Freundschaften
X schließt in ihrer Freizeit keine Freundschaften. Nach Aussage ihres Klassenlehrers pflegt sie auch in der Schule keine weiteren Freundschaften, außer mit einem anderen Mädchen aus dem Heim. Angeblich wurden diese beiden beobachtet, wie sie sich küssten und Hand in Hand gingen, und der Klassenlehrer meint, es bestehe eine Liebesbeziehung. Das Personal äußert sich zutiefst besorgt über diese Situation, da beide Mädchen eine Vorgeschichte mit Drogenmissbrauch haben, was leicht aktiviert werden kann, und da beide emotional labil sind. X hat zudem antisoziale Züge an den Tag gelegt, zwanghaftes sexuelles Verhalten und starke Grenzenlosigkeit, und sie kann auf eine Weise auftreten, die der anderen noch weiteren Schaden zufügen wird.

Ich hatte die Termine bei der Kinder- und Jugendpsychiatrie satt. Den Stift, der notierte, und den Stift, der fragte: Willst du mir etwas über den Inhalt dieser Flashbacks erzählen?

Nein.

Das wird schwierig, sagt der Psychologe, wenn wir nicht wissen, worum es hier geht.

Es war einmal, sagte ich. Ich war vier. Mama war die ganze Nacht lang weg, und ich hatte Hunger, aber ich konnte den Kühlschrank nicht erreichen, und ich glaubte, sie würde nie mehr zurückkommen und ich müsste sterben. Ich weiß, ich hätte zu den Nachbarn gehen können, aber ich schaffte es nicht, das Bett zu verlassen, ich saß nur da und weinte, bis sie gegen Morgen zurückkam. Da hatte sie mir Bonbons gekauft und streichelte meine Haare und alles.

Deine Mutter war wohl oft nicht anwesend, dann sehr anwesend, dann wieder nicht. Das muss verwirrend gewesen sein.

Meine Mutter war wie ein Stern am Himmel. Sie leuchtete noch immer, war aber weit weg. Und jetzt wollen sie mich von Oda trennen. Gut, sie hat Narben im Gesicht, aber die Narben sind doch nicht von mir.

Sie konnten alles entschuldigen, was ich machte. Nichts war im Grunde meine Entscheidung, nichts war meine Scheißschuld. Alles ließ sich mit Epikrisen und Diagnosen und einem Handbuch der Entwicklungspsychologie erklären. Als ob ich eine Art Naturkatastrophe wäre, ein Unfall. Mama hatte dies und das getan, aber wer hatte sie so gemacht? Ihre Mutter? Und dann wieder deren Mutter? Egal wie, die Schuld führte zurück zu einer, die nicht mehr zur Verantwortung gezogen werden konnte.

Raus. Weg. Weg von Terminen und Protokollen und Routinen und Pingpong. Ich ging durch Würstchenpappen und Kippen und leere Coladosen, vorbei an Mädchen mit gebleichten Haaren und Daunenjacken.

Hast du 'ne Kippe für mich?, fragte ich.

Großer Gott, sagten sie, wie alt bist du denn überhaupt?

Sechzehn, sagte ich.

Du bist eine kleine Rotzgöre.

Man kann beides sein, sagte ich. Sieh dich doch selbst an.

Das Mädchen lachte und gab mir eine Zigarette. Ich sog den Rauch tief in die Lunge, so war das, ich wollte alles inhalieren, schlucken, verschlingen.

Ich blieb bei einem Typen stehen, dessen Adern sich wie Gitarrensaiten unter der Haut abzeichneten. Er war dünn, aber man sah die Konturen seines Schädels. Er trug eine Trainingsjacke und eine große Tasche und hatte ein Skateboard dabei, aber mir konnte er nicht einreden, dass er vom Training kam.

Kannst du was verkaufen?, fragte ich.

Was sollte ich denn wohl verkaufen?

Heroin?, sagte ich.

Dafür bist du viel zu jung und zu hübsch.

Okay, sagte ich. Krieg ich fünfzehn Rivotril?

Ich brauchte wirklich Schlaf.

Er nickte. Kein Stress. Siebenhundertfünfzig Eier.

Ich nickte. Er zog sein Telefon hervor und sagte zu irgendwem in der Nähe: Hast du was zu naschen? Okay, wir kommen zum Kiosk.

Ich drückte die Zigarette aus.

Ich wurde verdammt gut im Pingpong. Hin und her, das konnte ich stundenlang machen. Ich konnte die Welt nicht aussperren, wenn es nur die Pingpongbälle gegeben hätte, wäre mein Gehirn vielleicht auf irgendeine Weise hypnotisiert worden, aber ich hörte das Herumtasten auf Handys, das Klirren von Besteck, Musik von der Playstation, Geschrei aus einem Zimmer. Ich hatte zusammen mit Oda was geraucht, und plötzlich machte es Spaß, Pingpong zu spielen, der Ball hüpfte auf witzige Weise. Das Personal merkte nichts, obwohl ich einen Lachkrampf von einer der Narben auf Odas Wange bekam, es sah aus, als ob sie Tränen aus Glasperlen geweint hätte. Aber egal. Einmal kam ein Typ mit riesigen Amphetaminpupillen nach Hause, er plapperte schneller, als er denken konnte, und er fing an, Wasser aus einer Kanne in sich hineinzuschütten.

Nimm ein Glas, Denis, sagte Mattis.

Ich war ziemlich sicher, dass Mattis Bescheid wusste, aber er hatte den ganzen Tag mit mir zu tun gehabt, und deshalb saß er völlig erledigt im Sessel, wenn er einer von uns gewesen wäre, hätten sie ihn als »reaktiv und unteraktiviert« eingestuft. Ich konnte gut verstehen, dass er es nicht so wichtig fand, ob wir clean waren. Du setzt einen Haufen misshandelte Hunde auf einen Hofplatz, und sie werden einander zerfleischen, es ist besser für alle, wenn sie nicht total anwesend sind. Am nächsten Tag kam Denis zu mir und sagte:

Ich bin so verdammt froh, dass du hier bist, Charlotte, du sorgst dafür, dass wir anderen mit allem durchkommen.

Ich langweilte mich im Unterricht. Der Lehrer wischte die Tafel mit dem Schwamm ab, und ich wusste nicht mehr, was dort gestanden hatte, meine Erinnerung war staubig wie zerriebene Kreide. Ich versteckte meine Schlafmittel immer im Mund, wenn ich sie abends im Heim bekommen hatte, dann spuckte ich sie in meinem Zimmer aus und nahm sie am nächsten Tag auf dem Weg zur Schule. Jetzt hatte ich für einige Hunderter etwas Stärkeres gekauft. Ich ging auf das Gelände hinter der Schule und setzte mich in ein kleines Puppenhaus, damit ich vom Fenster aus nicht zu sehen wäre. Ich steckte mir eine Zigarette an, meine Hände zitterten so sehr, dass ich das Feuerzeug fast nicht anbekam. Ich musste das in den Griff bekommen, und ich wusste, wie ich dem Dope einen größeren Kick geben konnte. In der Jackentasche hatte ich dafür einen Umschlag mit einer zerstoßenen Rivotril und einer Spritze ohne Nadel, in der Handtasche eine Flasche mit lauwarmem Wasser und einen Messbecher. Ich schloss die Tür, füllte den Messbecher mit Rivotril und Wasser, zog die Spritze auf und nahm die Mischung wie ein Zäpfchen. Bald kamen die Flashbacks. Ich sah die rosa Wände und die Aufkleber von Pferden an den Fenstern, und ich zitterte, sah die verdammte Puppe, die auf der Fensterbank saß, wozu war die denn gut, sie hatte leere Glasaugen, die mich anstarrten. Danach dann der Kick, ich war ruhig und weich und legte mich auf den schmutzigen Boden, nach einer Weile ging ich zurück in die Schule.

Das war Hausfrauendope, sagte ich. Rivotril. Und ich hab es nicht in die Adern gedrückt, also.

Wenn du das gespritzt hast, und ich habe so einen Verdacht, wie du es gemacht hast, dann ist das viel stärker, als wenn du die gleiche Dosis schluckst. Die Konsequenz einer Überdosis kann wirklich der Tod sein.

Na und?

Wir versuchen hier doch, dir zu einem besseren Leben zu verhelfen. Und es ist nicht so, dass ich nicht sehe, woher das kommt. Du weißt. Prügeleien, Drogen, Sex, die Suche nach einem Kick, das alles ist auch mir nicht unbekannt.

Ach was, sagte ich.

Ich betreibe Extremsport, sagte er. Basehopping, Fallschirm, Snowboard. Vielleicht solltest du so was mal probieren? Man ist high vom Adrenalin, hat Angst, man müsste sterben, aber danach, wenn man gelandet ist, ist es großartig.

Ja, sagte ich, ich bin sicher, dass es dasselbe ist.

Mir war klar, dass das Personal Abstufungen vornahm, an denen ich mich orientieren konnte. Rauchen auf dem Gelände war zwar verboten, aber besser, als in die Stadt zu gehen und Dope zu kaufen. Kippen waren besser als Hasch, Hasch war besser als Gewalt, Gewalt gegen das Personal war besser als Gewalt gegen irgendwelche anderen Leute. Auch ich stellte die ganze Zeit solche Berechnungen an. Einen Korken zu nehmen und danach im Halbschlaf mit dem Dealer zu ficken war besser, als klar und wach zu sein und das GHB hinterher zu bekommen. Sich auszuziehen war besser, als die Kleider vom Leib gerissen zu bekommen. Schreckliche Kopfschmerzen zu haben, weil man zwei Rivotril genommen hatte, war besser, als Kopfschmerzen zu haben, weil man den Kopf gegen die Wand geschlagen hatte, weil man nicht schlafen konnte. Und so weiter. Mattis und ich stellten beide unsere Berechnungen an, und fast immer hatten wir die Wahl zwischen einer schlechten Möglichkeit und einer noch schlechteren.

In deinem Leben haben zuverlässige Erwachsene gefehlt, sagte Margit, und du scheinst Probleme damit zu haben, mich hereinzulassen.

Ich habe viele Erwachsene in mich hereingelassen, sagte ich, aber ich muss doch auch ein paar Forderungen stellen dürfen. No offence.

Du hast immer eine Antwort parat, sagte Margit, aber ich möchte wissen, ob du es dir erlauben könntest, mir zu vertrauen, mich als eine zu betrachten, die nur dein Bestes will.

Du wirst dafür bezahlt, dass du dich um mich kümmerst, sagte ich. Aber nach Feierabend fährst du nach Hause, und ich sitze hier fest.

Ich wollte sie nicht geliehen haben.

Ich wurde gut darin, im Sprechzimmer zu sitzen und nicht zu beschreiben, was in meinem Kopf und meinem Körper vor sich ging. Ich fragte mich, wie ich zurechtkommen würde, wenn ich Lust bekäme, es mit der Wahrheit zu versuchen.

Es ist doch so, dass dir in deiner Kindheit viele sehr schwere Dinge zugemutet worden sind, sagte Margit. Und das war zu viel, um es zu verarbeiten. Deshalb mussten Teile von dir sich abkoppeln. Das hat dir damals geholfen durchzuhalten, aber jetzt hat es Folgen, die deinem Leben im Weg stehen. Ergibt das einen Sinn?

Ich gab keine Antwort, es ergab keinen Sinn. Sie versuchten, aus mir eine zusammenhängende Person zu machen, aber sie hatten keine Ahnung, was sie da zusammensetzen wollten, was sie in Gang setzten.

Es ist eine Stärke, Schwäche zu zeigen, sagte Margit zu mir.

Ach ja, wirst du dünn davon, dass du fett bist?, fragte ich.

I'm not a victim, I'm a survivor, sagte die Frau im Fernsehen. Es war eine Vorstellung, mit der Versager sich trösteten, dass man durch Widerstand wuchs. Es ergab keinen Sinn.

Du hast erstaunlich wenig Empathie, sagte Margit. Mit dir und mit anderen.

Sie hatte recht. In meiner Welt gab es keine Vergebung, nicht einmal für die Opfer.

Ich begriff nicht, wie irgendein Lehrbuch den Sozialarbeitern das mit mir und Mama erklären sollte. Ich begriff mich selbst ja kaum, und ich hatte mich seit sechzehn Jahren jeden Tag studiert. Es war eine Welt ohne Sprache, aber ich werde versuchen, es auf *meine* Weise zu erklären, mit meiner eigenen Sprache eine Epikrise zu verfassen.

Epikrise Charlotte Jacobsen
Diagnose: F0.3: Verdammt wütend. F32.2: Verflucht einsam. Pat. ist nackt ohne Haut und sehnt sich so verdammt, dass es nicht auszuhalten ist ALLEIN ohne Besitzer ohne Leine ohne Richtung wie ein Papierflieger der ALLEIN mehrere Tausend Meter ohne Sicherheitsnetz fällt ALLEIN auf Jagd nach Augen Gesicht Händen eines Menschen ALLEIN läuft zwischen Arme und Beine von Fremden nur um nicht ALLEIN zu sein lässt Fremde zwischen ihre Beine laufen nur um nicht ALLEIN zu sein und später lässt sie sich von Schlaftabletten und Alkohol und Drogen und Leim umarmen ALLEIN lässt sich von Speed und Cola einen Pep Talk geben und sie ist erst am Morgen danach ALLEIN und es ist besser auf Rücksitzen Friedhöfen in Krankenhaus Pflegeheim Jugendheim aufzuwachen als zu Hause ALLEIN und trotzdem ein ungebetener Gast zu sein ALLEIN und überall gibt es TÜREN DIE SICH SCHLIESSEN und wieso zum Teufel erwartet irgendwer dass »Milieutherapie« funktioniert für Pat. die EINFACH ALLES TUT DAMIT DER SCHMERZ WEGGEHT.

Das ist ungeheuer nützlich, Charlotte, sagte Margit, jetzt hast du dich zum ersten Mal für mich geöffnet. Willst du mir etwas über deine Erlebnisse erzählen?

Absolut nicht, sagte ich, aber sie sah mich an, als ob sie plötzlich etwas begriffen hätte, und ich dachte, dass ich es vielleicht versuchen sollte, deshalb sagte ich: Wenn ich anfange, darüber zu reden, dann weiß ich nicht, was passieren kann. Ich will nicht werden wie meine Mutter, zusammengerollt im Bett.

Ja, da müssen wir aufpassen, sagte Margit, du brauchst deine Verteidigungsmechanismen.

Ich habe gelernt, auf mich selbst aufzupassen, sagte ich.

Aber das ist vielleicht nicht nur gut?

Es reicht, sagte ich.

Charlotte, sagte sie, es ist nicht gefährlich, wenn du –

Nein, sagte ich. Fang nicht damit an.

Aber, sagte sie.

Nicht!, sagte ich, als ob ich mit einem Hund redete. Bloß nicht. Kapiert?

Ich sprang auf und knallte mit der Tür. Ich ging ins Badezimmer. Ich sank in die Knie und wiegte mich hin und her. Ich weinte nicht. Ich wartete darauf, dass Margit anklopfte, aber das tat sie nicht. Ich wollte allein sein, ich wollte immer allein sein. Es geht gut, es geht gut, es geht gut.

Hallo, erinnerst du dich an mich?, sagte ich zu Kenneth, ich hatte seine Nummer im Netz gefunden.

Ja, sagte er, danke, dass du mich nicht verpfiffen hast, bei der Sache mit der Kleinen.

Ja, sagte ich. Ich wollte fragen, ob du mir ebenfalls einen Gefallen tun kannst.

Wir können uns die Zeit zurückholen, sagte ich zu Oda, uns nicht von Essenszeiten und Ausgehzeiten lenken lassen.

Ich malte mit dem Finger ein Muster auf ihre Haut.

Was machst du?, fragte sie.

Eine Karte, sagte ich. Die Adern sahen aus wie Straßen, die Narben wie Mautschranken. Sie hatte so dünne Haut. Wenn ich versucht hätte, meine Haut zu ritzen, wäre ich nicht weit gekommen.

Wie können wir den Zeiten entgehen, zu denen wir im Haus sein sollen?, fragte Oda.

Wir können zu Kenneth, einem Kumpel von mir, sagte ich.

Abhauen, meinst du?, fragte sie.

Ja, sagte ich, durch den Lüftungsschacht oder einen Riss in der Wand. Das hab ich schon als kleines Kind gemacht. Egal wohin, nur weg aus dieser Welt.

Hm, sagte Oda.

Das ist ein Gedicht, sagte ich.

Du bist ein Gedicht, sagte Oda.

Abzuhauen war einfach. Reisen ohne Gepäck. Wir gingen ins 7-Eleven und kauften uns mit Odas Geld Tabak.

Du bist in meinem Blut, sagte Oda. So, als ob ich irgendwas gespritzt hätte, ich begreife nicht, wie du reingekommen bist.

Ich wollte, dass sie aufhörte.

Ich hörte ein Auto hupen. Draußen sah ich einen roten Volvo Amazon. Ist er das?, fragte Oda. Ich nickte. Davon hatte ich schon als kleines Kind geträumt. Von einem Mann abgeholt zu werden, egal wer es war.

Ihr wisst, dass ich deshalb Ärger kriegen kann, sagte Kenneth, als er den Zündschlüssel umdrehte, ihr schuldet mir ganz schön viel.

Ich sah auf seine Hände am Lenkrad und spürte, wie einer der Risse in mir tiefer wurde.

Hast du Musik oder was, fragte ich, es ist so still hier. Er legte was mit harten Riffs ein und einer Frauenstimme, die heulte, durchsichtig wie ein Gespenst oder wie ein Kind, das Whisky getrunken hat.

Ich fass ja nicht, dass ich mich darauf eingelassen habe, sagte Kenneth, ich werde hier noch zum Asyl.

Ich werde dir etwas über die Welt erzählen, sagte ich. Die *passiert* einfach. Da gibt es nichts zu fassen.

Kenneth machte auf dem Tisch ein paar Peppers bereit.

Ist das Speed?, fragte Oda, sie schaute das weiße Pulver an.

Zerstoßene Träume, sagte ich.

Ich mochte Dinge, die sich auflösten. Mädchen zum Beispiel. Einmal hatte ich eine Frau gesehen, deren Gesicht aussah wie aus blauen Flecken zusammengenäht, es war verzerrt von Schwellungen, es war neu zusammengesetzt. Jemand hatte sie auf eine Weise gezeichnet, die tiefer ging als Schmuck. Ich wollte das mit Kenneth und Oda machen. Sie nach meinem Bild formen, sie mit dem anstecken, was ich hatte.

Der Tag schloss die Augen und wurde zur Nacht. Kenneth lag auf dem Sofa und Oda und ich im Doppelbett, ich hörte ihren Atem, legte die Hand auf ihren Hals und spürte ihren Puls. Ich ging in die Küche und steckte mir eine Zigarette an. Ich begann bereits die Station zu vermissen, wo die Nachtwachen immer wach waren. Wo mich jemand ansah, wenn ich schlief. Wir würden gefunden werden, dachte ich, aber was würden wir vorher gewinnen, einige Tage, eine Woche. Und dann? Zurück zu Leuten, die deine Albträume registrierten, und wie schweißnass dein Bettbezug war, zurück zu den Verabredungen mit Mama per Skype, bei denen ihre Pupillen durch Pillen ersetzt waren, ihre Stimme schleppte sich hinter den Wörtern her: Herzchen, ich begreife nicht, warum sie dich mir weggenommen haben. Seitdem ich ausgezogen war oder weggeholt worden war, schien ich ein Babyfon im Kopf zu haben. Ich konnte ihren Atem hören, schwer und heiser und voller Tabletten. Ich konnte die leichten Schritte auf dem Boden hören, ihre kleinen Hände, die sich an die Fensterscheibe legten, die sich zu mir hinstreckten. Die Welt gab sich solche Mühe, uns voneinander fortzuhalten. Mama und ich trugen unseren Teil bei, wir beide.

Die Nacht verging, ich sah auf den Wecker. Ich starrte ihn eine halbe Stunde lang an. Das mit der Zeit war seltsam, wie sie immer vorwärtsging, aber in meinem Kopf war alles durcheinander, mein Zeiger tickte vor und zurück und blieb hängen, Stücke der Vergangenheit glitten in die Gegenwart, die Gegenwart glitt in die Vergangenheit. Ich musste irgendeine Stelle markieren, um zu wissen, dass diese Nacht geschah. Ich suchte nach einem Kugelschreiber. Kenneth schnarchte und Oda atmete, und ich wühlte in der Nachttischschublade. Natürlich hatten wir keinen Kugelschreiber. Im Flur zog ich einen Kajalstift aus meiner Handtasche, ging ins Badezimmer und riss ein Stück Klopapier ab. *Auf irgendeine Weise müssen wir die Nächte überstehen,* schrieb ich. Ich legte den Zettel neben Oda auf den Nachttisch. Ich war sechzehn. Ich hatte allerlei gelernt. Es gab da einen Weg.

Wir können wohl nicht rausgehen, sagte Oda, was, wenn wir gesehen werden.

Wir saßen in der Küche und aßen Nudeln zum Frühstück.

Kenneth stand auf dem Gang und zog seine Schuhe an.

Ich muss los, sagte er, es gibt Leute, die arbeiten.

Wir sind fast wie eine Familie, sagte Oda.

Ich nahm ein Glas Pulverkaffee aus dem Schrank. Wir waren nicht wie eine Familie. Wir konnten uns gegenseitig im Arm halten, für immer.

Kannst du mir die Brustwarze piercen, sagte Oda. Ich habe einen Ring.

Natürlich kann ich das, sagte ich, wir werfen nur zuerst ein paar Peppers ein. Es geht nicht darum, dass kein Schmerz da sein soll, sondern er soll außerhalb von dir sein, als wäre deine Haut ein *Accessoire* aus Haut.

Ich bereitete auf dem Tisch zwei Lines vor, ich hätte mir gewünscht, dass mehr in meinem Leben die Gestalt von Pulver annähme, denn genau das war es doch, Staubkörner, Teilchen, die in immer kleinere Krümel zerfielen. Ich zog es ein, es brannte in der Nase, und es brannte an einer Stelle, von der ich nicht wusste, wo sie sich befand. Ich ging zur Tiefkühltruhe, fand ein gefrorenes Kotelett. Ich legte es auf ihre linke Brust, gleich über das Herz.

Schmerz ist etwas, das einfach *passiert*, es hat nichts mit dir zu tun, sagte ich.

Ich nahm den Ring vom Nachttisch und sterilisierte ihn mit einem Feuerzeug. Ich presste ihn auf ihre Brustwarze, die Peppers machten meine Hand stark und hart. Sie fuhr zusammen, verschloss ihr Gesicht und ballte die Faust, ihr Körper zitterte, und ein Tropfen Blut sickerte heraus. Ich sah gern das, was in ihr war, wie die Zunge oder das rosa Fleisch zwischen ihren Beinen.

Das ist einfach schrecklich, sagte sie.

Konzentrier dich, sagte ich.

Ich presste den Ring durch das Fleisch, und sie schrie mit geschlossenem Mund, das Blut lief, aber sie hatte keine Tränen.

Hör auf, sagte sie.

Ich muss ganz durch, sagte ich, ich höre nicht auf halber Strecke auf.

Ich presste, und sie bebte, ich war durch. Ich strich über ihre Haut, sie war heiß vom Blut. Ich leckte Blut und Wasser von ihrem Körper, die Brust war rot und geschwollen, der Ring saß perfekt.

Das Kotelett ist aufgetaut, sagte ich, sollen wir es braten?

Als die Peppers nachließen, versank ich wie die Sonne vorm Fenster. Ich leckte die VISA-Karte und die Tüte und den Teller ab, um die letzten Reste aufzunehmen. So bin ich. Ich lecke die Reste auf. Meine Zunge wurde taub vom Amphetamin, deshalb nutzte ich die Gelegenheit, um Kenneth einen zu blasen, wo ich ja doch nichts spürte. Er gab mir eine weiße Tablette. Ich legte sie unter die Zunge, bis sie sich auflöste. Das Rivotril tat seine Wirkung. Du siehst aus wie eine Mischung aus tot, wütend, betäubt, geil und ängstlich, sagte Kenneth. Ist das nicht deine Traumfrau, sagte ich.

Ich trickste mein Herz gern aus. Brachte es mit Peppers dazu, schneller zu schlagen, oder langsamer mit Sobril und Rivotril, oder beides auf einmal. Legte es auf den Tisch, bereit, missbraucht zu werden.

Oda lag auf dem Wohnzimmerboden. Ihre weiße Haut und das weiße Pulver, hell auf hell. Ich konnte stundenlang an ihr riechen und an ihr lecken. Mir gefiel die Mischung aus salzigem Schweiß und bitterem Pulver. Aber dann kamen die Hände von Kenneth, ich sah, wie sie sich über ihren Körper bewegten, wie sie in ihre Öffnungen eindrangen und sie in Stücke teilten. Ich muss mehr Peppers haben, sagte ich, ich stand auf und ging ins Badezimmer, sah auf mein Gesicht im Spiegel, während ich einen Strich fertig machte. Das ist nicht *ich,* dachte ich, aber ich hatte keine Ahnung, was sonst ich sein könnte, außer dem blassen Mädchen im Spiegel mit Pulver unter der Nase, Pupillen, die bald aus den Augen fielen. Mein Herz fing an zu hämmern, wollte aus meiner Haut heraus. Ich ging ins Wohnzimmer, ich sah, wie sich Kenneth über Oda bewegte, sie aufteilte und zu Pulver zerstieß. Ich machte mich von hinten über Kenneth her und zog ihn an den Haaren, weg da, sagte ich, weg von dem, was *mir* gehört. Ich schlug mit der Handfläche gegen seinen Rücken. Er drehte sich um und packte meinen Arm, drückte mich gegen die Wand, drückte mich aufs Bett.

Ich saß bei verschlossener Tür in der Badewanne, meine Hände zitterten. Ich spürte noch immer, wie Kenneth mich gepackt hatte, es kroch durch die Haut, in mein Herz, das härter und härter schlug, und das kam nicht von dem Amphetamin, das wir geschnupft hatten. Sein Geruch hing mir in den Nasenlöchern und zog weiter ins Gehirn, und dann kamen die Bilder – bitte, nicht *die* Bilder. Ich versuchte, ein Päckchen mit falschen Wimpern zu öffnen, brauchte aber ewig, um die Plastikfolie aufzureißen, meine Hände zitterten, ich öffnete die Tube und hatte Wimpernkleber an den Händen. Ich versuchte, eine Wimper anzubringen, sie landete schief, mitten auf dem Augenlid. Ich schaute in den Spiegel. Ich klebte auch die andere an, ebenso schief. Ich malte mir roten Lippenstift neben den Mund. Ich sah aus wie eine Kinderzeichnung.

Ich legte mich auf den Badezimmerboden, wie die schwächsten Mädchen auf der Station, alles brach einfach über mich herein, kurze Augenblicke von Geschmack und Geruch und Farbe, es waren nicht *meine* Erinnerungen, ich gehörte ihnen. Ich starrte die Wand an, die Risse in den Fliesen, und ich fiel durch einen solchen Riss, hinein in etwas, das weiß und still war, wie Watte ums Gehirn, alles blieb stehen, als ob meine Gedanken blinzelten.

Charlotte, sagte Oda, Charlotte, hörst du mich?

Ihre Stimme war weit weg. Am Ende öffnete ich die Tür. Oda schnippte vor meinem Gesicht mit den Fingern. Ich sah sie an. Sie war bleich.

Du hast mich nicht gehört, sagte sie. Ich habe dich ganz oft gerufen.

Ich denke nie an »das, was passiert ist«, aber es kommt vor, dass es an mich denkt.

Es heißt, dass es Drogensüchtigen an Willensstärke fehlt. Bullshit. Es erfordert Stärke und Mut weiterzumachen, wenn der Körper vor Erschöpfung bebt, wenn man vier Nächte hintereinander gekotzt hat, wenn man vor Paranoia Leute sieht, die durch Lüftungsventil und Schlüsselloch schauen, wenn man den verdreckten Dealer vor dem Waschbecken vögeln muss, während man das eigene aufgedunsene Gesicht im Spiegel sieht, fettige Haare, magere Wangen, und am Ende noch Mitleid mit dem Dealer hat. Eine Schwächere würde doch aufgeben. In der Klinik anrufen und sich in den Entzug einweisen lassen und dann irgendwann die verdammten Entzugserscheinungen hinter sich haben, während sie in sauberer Bettwäsche liegt und drei Mahlzeiten pro Tag bekommt und mit Sozialarbeitern plaudert. Ich nicht. Ich war bereit, bei dem Versuch zu sterben und auf Kokainschwingen zum Himmel zu fliegen. Ich war in der Schule zwar nicht mitgekommen, aber beim Projekt, mein Leben zu ruinieren, schwänzte ich nie, da war ich die Beste in der Klasse.

Meine Augen waren trocken, mein Mund wie ausgedörrt. Meine Zunge war wie Pappe, und ich konnte alles Wasser aus dem Hahn in mich hineinfließen lassen, ich hatte immer noch Durst. Es konnte vom Dope kommen, aber höchstwahrscheinlich kam es von mir. Ich war ohne Boden. Ohne Anfang, ohne Ende. Ohne Grenzen. Ich spürte, wie mein Körper zu Pulver zerstoßen wurde, genau wie mein Kopf, ich brauchte einen Rausch, bei dem ich nicht halb tot und unbeschützt war, ein Köder für Nekrophile. Speed machte mich zum Alphaweibchen. Meine Sinne, die mich ab und zu dermaßen erschöpften, dass ich sie nicht mehr spürte, wuchsen einfach aus mir heraus, ich konnte stundenlang weitermachen. Das Herzklopfen wurde zur Kriegstrommel. Ich war nur Puls und Muskeln, und niemand, nichts konnte mir schaden. Ich hatte gehört, dass Amphetamin für Soldaten im Krieg entwickelt worden war, dass Menschen angeschossen worden waren, ohne es zu bemerken. Ich glaubte, ich könnte nicht einmal verletzt werden, mein Herz würde so hart schlagen, dass die Kugel daran zurückprallen würde. Aber danach lag ich auf dem Sofa, und es war viel zu weit zum Wasserhahn, meine Gelenke waren aus den Angeln gehoben. Ich fragte mich, ob man so viel Adrenalin haben konnte, dass man gar nicht merkte, wie man starb, man machte einfach immer weiter.

Unter dem Rausch war ich vollkommen erschöpft. Als ob mein Kopf und meine Zunge meinem Körper davonliefen. Die Peppers wirkten nicht mehr. Das machte etwas mit meinem Körper, ich holte mir Lappen und Seife, und plötzlich war die Wohnung sauber, aber meine Gedanken humpelten, als sie versuchten zu rennen. Während der Rausch abebbte, starrte ich einfach nur die Wand an. Ich brauchte etwas, das nur mir gehörte.

Draußen auf dem Hinterhof stand ein Mädchen und spielte mit einem Gummiball, sie war vielleicht zehn, sie hatte Zöpfe. Ich hatte früh mit Zöpfen aufgehört. Sie schlug im Gras ein Rad, ich sah ihre Unterhose, aber sie machte einfach weiter. Sie ist sich ihrer selbst nicht bewusst, dachte ich. Ich hätte niemals im Hinterhof Rad schlagen können. Sie wird älter werden, dachte ich, dreizehn, sechzehn, achtzehn. Ich nahm eine Coladose von der Fensterbank, ich zielte, die Dose landete neben ihren Füßen, sie schaute auf.

Warum hast du das gemacht?, fragte Oda.

Ich wollte ihr zeigen, dass die Welt sie im Blick hat, sagte ich.

Das Glück ist ein Dealer. Immer zu spät, du liegst zitternd einige Zentimeter über dem Bett und zählst Sekunden, die zu Stunden werden, wie ein Kind, das auf den Heiligen Abend wartet, der niemals kommt, und plötzlich ist es der 25. Dezember. Wenn er endlich da ist, bezahlst du mit der Zunge, dem Mund, den Händen, du kriegst den Kram, der Kick setzt ein, und die Sonne füllt das Zimmer, es wird Frühling, Jesus steht von den Toten auf, es nimmt ein Ende, aber natürlich war es nur ein Märchen.

Drei Wochen. Sie hatten uns noch immer nicht gefunden, ich kam im Bett liegend zu mir, zitternd, ohne zu wissen, wie ich dort hingekommen war. Ich war ein Ding, das benutzt wurde, und eine Person, die zusah, wie das Ding benutzt wurde. Manches war leicht, etwa vollgepumpt mit Downern in einem Bett zu liegen, unter einem Mann, und zu vergessen, dass man keine zwölf war. Und anderes war unmöglich: die Waschmaschine im Badezimmer einzuschalten zum Beispiel, und saubere Kleidung zu bekommen. Am Ende war es mir egal, ob meine Klamotten nach Amphetaminschweiß stanken, sie wurden ja doch ausgezogen. Ich war wie das Pulver, das wir benutzten: schmutzig, aufgelöst, etwas, das auf dem Straßenstrich von Hand zu Hand ging. Als Projekt war es interessant, den Abstieg zu beobachten, wie eine Pille unter der Zunge zerfiel und wie meine Träume unter dem Gewicht von Kenneth zerfielen. Als er mit einer Apothekentüte voller Spritzen nach Hause kam, dachte ich, dass ich eine Überdosis riskieren sollte, schob den T-Shirt-Ärmel hoch und ließ mir einen Gürtel um den Oberarm spannen.

Ich hatte gedacht, dass es großartig sein würde. Aber es war der tristeste Rausch, den ich jemals gehabt hatte. Ich wusste jetzt, warum Heroin »Minus« genannt wurde. Es war die absolute Nichtexistenz. Mein Körper war schwer und taub. Ich sah mich im Spiegel an. Meine Pupillen waren klein wie Injektionsnadeln, und mein Gesicht schien in sich zusammengesunken zu sein. Ich hatte noch nie einen so leeren Blick gesehen. Ich ging ins Wohnzimmer, wo Oda und Kenneth mit geschlossenen Augen im Bett lagen.

Stimmt was nicht mit dem Stoff?, fragte ich.

Ist es denn nicht gut, sagte Kenneth.

Ich fühl mich nur total schlaff.

Leg dich zu uns.

Ich hatte keine Lust, mich zu ihnen zu legen, deshalb legte ich mich aufs Sofa. Das war angenehm. Wie dieses schwere

Zeug, das ich vom Zahnarzt bekam, weil ich es nicht ertragen konnte, anwesend zu sein, wenn mir jemand etwas in den Mund steckte. Ich dachte, es könnte vielleicht eine Gelegenheit sein, Kenneth zu vögeln, weil ich eh nichts spürte, aber er wirkte nicht besonders interessiert. Ich ließ mich aufs Sofa sinken und dachte: Die Abwesenheit von Schmerz, um die es beim Heroin geht, ist für manche vielleicht das Paradies, vielleicht ist es auch für mich das Paradies.

Dann kam der Absturz. Als wäre ich ein Kind und würde aus den Armen meiner Mutter gerissen. Wie konnte man etwas vermissen, das so falsch gewesen und ohnehin schon so lange vorbei war. Ich saß auf dem Sofa und weinte und zitterte. Ich hatte gehört, dass Babys sterben konnten, wenn sie nicht berührt wurden, und jetzt war ich sicher, dass ich sterben würde, wenn ich diese träge Taubheit nicht wieder verspürte, die weichen Gelenke, die Abwesenheit von Schmerz. Ich musste kotzen, also stand ich auf, ging ins Badezimmer und übergab mich, und zum ersten Mal hatte ich Liebeskummer. Ich weinte und weinte und weinte und ging ins Wohnzimmer. Oda lag im Bett, und Kenneth lag über ihr, und ich sah an ihrem Blick, dass sie sich, obwohl sie tief in der Matratze versunken war, an einem ganz anderen Ort befand. Dann erwiderte sie meinen Blick. Charlotte, sagte sie, haben wir noch mehr? Etwas in ihren Augen und ihrer Stimme wirkte ... jünger. Ich zitterte und leckte die Reste aus der kleinen Tüte, in der der Stoff gewesen war.

Ich ging zum Bett. Ich zog Kenneth von Oda runter.

Was zum Teufel soll das?, fragte er.

Haben wir mehr?, fragte ich.

Alles weg, sagte Kenneth. Du kannst anrufen und Benzos bestellen.

Okay, sagte ich. Und du lässt verdammt noch mal Oda in Ruhe.

Und das entscheidest du?, fragte er.

Ich weiß nicht, was bei dir läuft, sagte ich. Aber so kannst du nicht weitermachen. Ist dir klar, was das hier aus dir macht?

Er stand auf, kam mit unsicheren Schritten auf mich zu. Er packte mich am Nacken, dann am Hals, ich war fünfzehn, dann zwölf. Ich bekam keine Luft, ließ mich aus dieser Existenz in eine andere gleiten, an einen Ort, wo ich Kenneths schwarzen Blick nicht sehen konnte, wo die Panik alles weiß und still machte.

Dann ließ er los.

Großer Gott, das sollte doch nur ein Witz sein, sagte Kenneth. Bestellst du Benzos?

Er warf mir das Telefon zu. Ich nickte. Ich schloss mich im Badezimmer ein, sah mich im Spiegel. Mein Hals war rot, und ich hatte eine Schwellung auf der Wange, ich hatte keine Ahnung, woher die kam. Ich wählte die Telefonnummer, von der ich wusste, dass ich sie wählen musste.

Kenneth saß in Boxershorts auf dem Sofa und rauchte. Oda lag unter einer Decke im Bett und weinte.

Charlotte, ich begreife nicht, warum ich so traurig bin, schluchzte sie, alles ist so schrecklich, was ist denn bloß los?

Ach was, sagte ich. Warum sollten wir denn bloß traurig sein?

Ich habe Kopfschmerzen, wir brauchen die Pillen, sagte sie, irgendwas, das hier ist das Schlimmste, was ich seit dem Tag meiner Geburt erlebt habe.

Sie stand nackt auf und taumelte zum Badezimmer, ich hörte sie kotzen. Zum Totlachen. Das war doch wirklich zum Totlachen. Es klingelte. Ich machte auf. Draußen standen vier uniformierte Polizisten.

Hallo, ich bin Charlotte Jacobsen. Ich habe euch gerufen. Die anderen sind da hinten.

Eigentlich bin ich hübsch, erklärte ich, als ich auf der Rückbank saß. Ich hab nur diese verdammten Schwellungen im Gesicht, deshalb sehe ich so aus.

Ich verstehe, sagte der Polizist am Steuer.

Die vielen Drogen können ja auch nicht gut fürs Aussehen sein, fuhr ich fort. Aber ich bin sehr hübsch. Es heißt, dass ich aussehe wie ein Rockstar.

Zwei Frauen erwarteten mich vor dem Haus, an dem ich von der Polizei abgesetzt wurde. Sie brachten mich in ein Zimmer, das aussah wie eine Gefängniszelle. Ich war schon einmal dort gewesen, als ich zum ersten Mal beim Jugendschutz gelandet war, aber damals war ich nüchtern, und es war nicht mitten in der Nacht. Kleider, Handtuch, Zahnbürste lagen bereit, eine Matratze auf dem Boden. Eine große, normale Zahnbürste. Damit sollte ich mir die Zähne putzen. Ich fragte, ob mir das erspart bleiben könnte, aber sie sagten, sie müssten sehen, ob ich etwas in der Mundhöhle hätte. Ich schob die Zahnbürste in den Mund und erbrach mich. Ich beugte mich übers Waschbecken und schluchzte tränenlos.

Ist etwas passiert?, fragte die eine Frau.

Nein, sagte ich, aber kann ich aufhören, mir die Zähne zu putzen?

Sie nickten und stellten eine Menge Fragen, als ob sie versuchten, mich zu überzeugen, als ob ich nicht freiwillig hergekommen wäre. Machst du mit, bist du anwesend, weißt du, wo du bist? Wir haben den Bericht gelesen, willst du erzählen?

Fuck you, sagte ich. Ich weiß nicht, wo ich bin. Ich scheiß drauf, wo ich bin.

Du bleibst heute Nacht hier, sagte die eine Frau, auf der geschlossenen Akutstation, morgen sehen wir weiter. Als Nächstes untersuchen wir deine Sachen.

Sie sagte, ich solle Jacke und Schuhe ausziehen.

Warum?, fragte ich.

Du kannst das hier für alle Beteiligten sehr schwer machen, sagte sie, oder du kannst dich ausziehen.

Das war ein Argument, das mir einleuchtete. Ich streifte Schuhe und Jacke ab. Sie untersuchten beides.

Jetzt müssen wir dich abtasten, sagte die eine Frau. Ich kann mit ins Badezimmer kommen.

Wir gingen zusammen ins Badezimmer. Sie nahm ein kleines Handtuch und hielt es mir hin.

Zuerst ziehst du dich obenrum aus, sagte sie.

Na gut, dachte ich. Das kann ich. Ich zog mein T-Shirt aus, und sie ließ das Handtuch sinken. Ich stand mit nacktem Oberkörper da, und sie sagte, ich solle mich umdrehen, ich drehte mich um und spürte ihren Blick im Rücken. Ich hätte mich tätowieren lassen sollen, dann wäre ich niemals ganz nackt gewesen. Ich drehte mich schnell um. Sie hielt mir ein Handtuch vor den Unterleib und sagte, ich solle die Unterhose ausziehen. Ich schüttelte den Kopf.

Es tut mir leid, sagte sie, aber wir müssen alles untersuchen. Es dauert nur ein paar Sekunden.

Nein, sagte ich.

Und plötzlich weinte ich wie ein Kind.

Ich kann nicht, sagte ich, ich kann einfach nicht.

Ich verstehe, dass es erniedrigend ist, sagte sie, aber es dauert nur ein paar Sekunden.

Es spielt keine Rolle, wie lange es dauert, sagte ich, es bleibt hängen.

Willst du dich setzen, fragte sie und legte mir das Handtuch um. Wir können ein bisschen reden, du musst dich nur setzen.

Ich setzte mich auf den Boden und schlang Arme und Handtuch um mich. Ich kam mir so klein vor. Sie hockte sich vor mich.

Ich weiß nicht, was du durchgemacht hast, sagte sie, ich kann mir nicht vorstellen, wie das war. Und ich tu das hier nicht gern. Aber es geht schnell, und morgen darfst du zu den anderen.

Ich kann nie zu den anderen, sagte ich.

Weißt du, ich habe studiert, sagte sie. Und arbeite seit vielen Jahren in diesem Beruf. Aber trotzdem kann ich deinen

Schmerz überhaupt nicht verstehen. Ich wünschte, ich könnte es, und ich bin sehr froh darüber, dass ich es nicht kann.

Ich wünschte, ich könnte ihn selbst verstehen, sagte ich.

Das ist im Moment vielleicht etwas zu viel verlangt, sagte sie. Du musst die Zeit zu Hilfe nehmen. Du bist erst sechzehn.

Mit sechzehn beginnt die sexuelle Mündigkeit, sagte ich und fing an zu lachen.

Ja, sagte sie. In deinem Leben ist bestimmt vieles nicht so gelaufen, wie es sollte. Und jetzt bist du hier gelandet. Aber ich möchte dir helfen. Wir müssen dich durchsuchen, um sicherzugehen, dass du nichts bei dir hast, mit dem du dir oder anderen mehr Schaden zufügen kannst, als andere das bereits getan haben. Sollen wir das jetzt machen? Lass einfach das Handtuch los und dreh dich um.

Ich stand auf. Ich ließ das Handtuch los und drehte mich ganz schnell einmal um mich selbst.

Das wär's, sagte sie, jetzt kannst du duschen. Danach kannst du versuchen zu schlafen. Es wird vielleicht eine schreckliche Nacht, aber Nächte gehen vorüber. Sie lächelte.

Ich duschte und zog ein Nachthemd an, legte mich auf die Matratze. Ihr Puls war noch immer im Zimmer, ein fester, ruhiger Rhythmus. Ich hatte Spuren an Hals und Handgelenk, wo Kenneth mich gepackt hatte. Ich sollte in einem Schuhkarton schlafen, während in der Tür eine Nachtwache saß und in einem Buch las, das *Das kleine Herz* hieß und eine schöne Frau und ein Kind und einen Titel aus Schreibschrift auf dem Cover hatte, und fast kam ich mir vor wie ein Mensch.

Sie wollten versuchen, mich in eine Reha zu stecken, und ich sagte, warum nicht. Ich war daran gewöhnt, durchsucht zu werden, gemessen und getestet und angefasst und reguliert und kategorisiert. Ich wollte die Kinderwhore-Kleider mit der Hand waschen und nahm Waschpulver in einer kleinen Plastiktüte mit, es wäre um ein Haar konfisziert worden. Ich bekam ein Band um den Arm, auf dem CHARLOTTE JACOBSEN stand, samt meiner Personenkennnummer, so eins, wie man es Leichen um den Zeh bindet. Ich bekam Krampfmedizin in einem Messbecher, der aussah wie der, in dem ich Rivotril zerstoßen hatte, es schmeckte bitter, gar nicht viel anders als der Geschmack, den ich eh immer auf der Zunge hatte. *Diagnose F19.1, Psychische und Verhaltensstörungen durch multiplen Substanzgebrauch und Konsum anderer psychotroper Substanzen, F13.1, schädlicher Gebrauch von Sedativa und Hypnotika.*

In der ersten Nacht auf der Akutstation lag ich zitternd auf dem Badezimmerboden. Meine Muskeln taten weh, mein Kopf tat weh, ich war so hungrig, dass ich nicht essen konnte, und so müde, dass ich nicht schlafen konnte. Außerdem hing an der Decke eine Videokamera. Alle würden mich die ganze Zeit beobachten. War ich so verdammt interessant? Ich zeigte der Kamera den Finger. Ich zog an der Schnur, und eine Pflegerin kam herein.

Kann ich eine rauchen?, fragte ich, ich habe Albträume.

Aber du schläfst ja gar nicht, sagte sie.

Ich habe ununterbrochen Albträume.

Sie ging mit mir hinaus, und meine Hände zitterten so sehr, dass sie mir Feuer geben musste.

Wenn du rauchst, atmest du tiefer, sagte sie. Das brauchst du jetzt gerade. Lungenzüge.

Ich wurde auf eine andere Station verlegt. Immer wieder kam jemand in mein Zimmer, um nachzusehen, wie es mir ging. Sie schrieben Berichte über mich. Sie baten mich, die

Hände auszustrecken, um zu sehen, ob sie zitterten. Sie zitterten wie blöd. Ich konnte noch immer nicht schlafen, nicht essen. Eine Woche verging, und ich wurde dünn wie ein Kind oder wie ein Junkie, das bisschen, was ich an Brüsten und Hüften gehabt hatte, verschwand. Ich war dauernd in kalten Schweiß gebadet und trug Wollstrumpfhose und Pullover und fror trotzdem. Ich konnte mich nicht schminken, weil meine Hände zu sehr zitterten, Lidstrich und Lippenstift verschmierten ganz einfach. Was sollte ich tun – ohne Schminke herumlaufen und alle mein Gesicht sehen lassen oder aussehen wie ein von einer Dreijährigen vollgeschmiertes Malbuch? Ich entschied mich für Letzteres. Eines Abends stand ich in der Tür zum Medizinraum und wartete auf ein Apodorm, und der Pfleger brauchte so verdammt lange, um in den Medikamentenlisten zu lesen und den Medizinschrank aufzuschließen und die Packung zu öffnen, dass ich dachte, JETZT GREIFE ICH AN, VERDAMMT, ich stand Sekunden davor, mich auf ihn zu stürzen, da bekam ich das Apodorm, und eine Viertelstunde verging, und alles war gut.

TEIL VII

Ich war gerade achtzehn geworden, als sie mich aus der Klinik entließen. Zuletzt war ich in der Jugendpsychiatrie gewesen, auf der Entzugsstation für Leute zwischen sechzehn und sechsundzwanzig, aber ich war nicht jung, ich war uralt. Oder besser, ich kam mir entweder wie sechzig vor oder wie zwölf, aber niemals jung. Was sollte ich jetzt machen?

Mir wurde ein Platz in einer Jugendwohnung zugewiesen. Ich teilte Wohnzimmer, Bad und Küche mit anderen zwischen siebzehn und dreiundzwanzig und bekam Geld vom Sozialamt, hatte mein eigenes Zimmer, mit einem Bett und einem Schreibtisch. Die beiden schlimmsten und die beiden besten Dinge in meinem Leben, versammelt auf vierzehn Quadratmetern. Im Bett hatte ich immer Albträume, ob ich nun wach war oder schlief. Am Schreibtisch konnte ich, wenn ich es aus dem Bett schaffte, Sätze schreiben, die anders klangen als die im Krankenbericht. Ich begriff, dass es eine Sprache für das gab, was ich erlebt hatte, die mir zwar keine Medikamente oder Behandlung verschaffte, die aber meine Geschichte in etwas Vergangenes verwandeln konnte, und von dieser Vergangenheit konnte ich zu neuen Wörtern finden, die eine neue Geschichte erzählten.

Mein Leben war eine Serie von One-Night-Stands gewesen: Ärzte, Freunde, Mitpatienten, Väter, Liebhaber. Ich versuchte, Stücke meines Selbst aufsammeln, aber ich wusste nicht, wo ich mit der Suche anfangen sollte. Ein Stück fiel bestimmt durch die Ritze im Kinderbett. Ein anderes lag in den Händen von Jonas, so gut wie zerstört. Eins lag in einem Plastikglas bei der Jugendpsychiatrie. Eins in Annas Albträumen. Ich hatte keine Vergangenheit, nur Epikrisen. Ich hatte mich nie in den Armen eines Menschen geborgen gefühlt, es gab nur »ausweichende Bindung«. Es waren nie die Hände von Jonas um meinen Hals, es waren nur »dissoziative Symptome«. Ehe mein Leben so viereckig geworden war wie ein Formular, war alles nur wild durcheinandergestoben. Aber mir fehlte der Geruch von Lederhandschuhen, Haarspray, Mülleimern, die geleert werden müssten. In meiner und Mamas Wohnung lebten Bakterien und Schimmelpilze, in meiner von Albträumen verschwitzten Bettwäsche auf den Krankenhausstationen und in den Jugendhäusern wurden sie sofort ersetzt.

Es stimmt nicht, dass ich beim Heranwachsen in den Institutionen nichts gelernt hätte. Ich habe eine Menge gelernt. Ich habe gelernt, dass es viel besser ist »nein, ich habe Angst« als »verpiss dich« zu sagen, wenn du bei einem Brettspiel nicht mitmachen willst. Aber draußen, in dem, was manche *die wirkliche Welt* nennen, funktionierte »nein, ich habe Angst« nicht, wenn irgendwer mit dir ins Café gehen wollte. Und »verpiss dich« auch nicht.

Ich ging oft tagsüber in den Supermarkt. Zusammen mit den Rentnern. Ich staunte darüber, was die Leute so kauften. Kartoffeln. Knäckebrot. Milch. Oft für mehrere Tage, so wie es aussah. Ich schaffte das nicht. Wenn ich Hunger hatte, ging ich in den Laden, kaufte das, was ich haben wollte, und nicht mehr. Ich aß direkt aus dem Kühlschrank. Kalte Würstchen, Joghurt aus dem Glas, Aufschnitt. Ich stellte fest, dass man in einer Wohnung, in der es nichts als Courtney-Love-Plakate und Nagellack gab, der in fünf Farben perfekt sortiert auf dem Schreibtisch stand, noch andere Dinge brauchte. Kleiderbügel zum Beispiel, da die Kleider zerknitterten, wenn sie auf einem Haufen lagen, und dass man solche Dinge kaufen musste. Aber wo kaufte man Kleiderbügel?

Ich wusste eine ganze Menge, zum Beispiel, dass in einer Kneipe um ein Uhr mittags kein Schnaps verkauft wurde.

Und dass man auf einem Fest Aufmerksamkeit erregen konnte, wenn man den eigenen Krankenbericht auseinanderfaltete und vorlas. Und wenn man nicht schlafen konnte und es halb vier nachts war, konnte man ausgehen und einen Typen finden, der auf einer Bank saß und trank, und er würde gegen Sex auf der Bank seinen Fusel mit einer teilen. Aber wie man sich abends hinlegte, morgens aufwachte, geregelte Mahlzeiten zu sich nahm und sich wieder hinlegte, davon hatte ich keine Ahnung.

Ich ging ins Kulturzentrum und setzte mich an die Bar. Ein Typ lächelte mich an und bestellte zwei Jägermeister und zwei Bier. Alles war so enorm praktisch. Die Getränke waren umsonst.

Hallo, sagte er, kommst du oft her?

Ich kippte den Jägermeister herunter.

Meine Mutter war nie für mich da, sagte ich.

Ich heiße Arne, sagte er. Was ist mit dir?

Vielleicht sollte ich sie anrufen, sagte ich.

Ich zog das Telefon aus der Tasche und wählte ihre Nummer. *Der gewünschte Gesprächspartner ist zurzeit nicht erreichbar.* Ich knallte das Telefon auf den Tresen.

Weiß sie überhaupt, dass ich existiere, fuhr ich fort.

Möchtest du noch einen Kurzen?

Endlich eine Frage, der ich mich gewachsen fühlte.

Ja.

Er bestellte, ich legte den Kopf in den Nacken und trank, als ob ich vor einem Mann kniete. Ich musste raus und rauchen.

Hallo, du, sagte der Türsteher, alles klar?

Das weiß ich glücklicherweise nicht, denn ich bin schwer betrunken, sagte ich.

Vielleicht würde dir ein Glas Wasser guttun?

Ja, sagte ich.

Ich torkelte zurück zum Tresen. Aus der Ferne sah ich, dass Arne eine Pille in mein Bier fallen ließ.

Gehen wir zu dir?, fragte ich und leerte das Bier.

Ich saß im Taxi und war froh, dass ich dank chemischer Hilfe nicht dabei sein musste.

Es war der grausamste Kater meines ganzen Lebens. Mir war schlecht, und die Kopfschmerzen waren schlimmer als der Schmerz zwischen den Beinen, ich versuchte, mich auf sie zu konzentrieren. Ich ging zur Bushaltestelle. Es war doch nicht so schlimm, dachte ich, es war ganz normal, wie hundertzwanzig Tabletten zu schlucken und einen Schlauch in die Speiseröhre gesteckt zu bekommen. Ich steckte mir eine an und sah neben mir ein Mädchen mit zerrissener Strumpfhose und hohen Absätzen. Sie lächelte. Ich lächelte zurück. Das war schwer, als ob mein Gesicht gelähmt wäre. Im Bus setzte ich mich hin, und der Schmerz rammte sich wie ein Besenstiel zwischen meine Beine. Ich musste nach Hause und eine Schlaftablette nehmen und schlafen, bis alles vorbei wäre. Nur schlafen, dachte ich. Nichts war ein Problem, wenn man nur schlafen konnte.

Ich erbrach etwas in verschiedenen Blautönen und sah mein Gesicht im Spiegel an. Geschwollen, bleich, die Schminke verschmiert. Die Geschmäcker waren eben verschieden. Ich wusch mein Gesicht, putzte die Zähne, ging unter die Dusche. Ich sank in mich zusammen, saß da, bis das Wasser kalt war, blieb sitzen, während das kalte Wasser meine Haut betäubte. Schließlich ging ich hinaus. Ich sah auf die Uhr. Ich hatte zwei Stunden lang geduscht.

Ich wünschte, ich könnte auf eine andere Weise lernen. Ohne erst den Schmerz zwischen den Beinen und an einer anderen Stelle, die viel schlimmer war – gut versteckt in der Brust –, zu brauchen, um zu kapieren, dass ich vielleicht kein Bier trinken sollte, von dem ich wusste, dass es K.-o.-Tropfen enthielt. Ohne erst nackt im Bett eines Fremden aufzuwachen und mich absolut nicht daran erinnern zu können, was passiert war – nicht immer weil ich zu zugedröhnt war, sondern auch weil mein Gehirn ins Stocken geraten war wie ein defekter Computer. Mir wurden Komplimente gemacht, weil ich »aktiv« und »heiß« gewesen sei, und das war ja nett, aber es war die Maschine gewesen, nicht ich. Das ist das Problem mit Gewalt, jedenfalls bei mir. Dass es nicht darum geht, beim Joggen in einen Lastwagen gezogen zu werden, sondern eher darum, stundenlang am Straßenrand zu stehen und auf den Lastwagen zu warten, einzusteigen und dem Fahrer den Weg zum Tatort zu zeigen.

Es heißt, gebranntes Kind scheut das Feuer, aber nach meiner Erfahrung werden gebrannte Kinder zu Pyromanen.

Die Gruppentherapie auf der Traumastation fing um zehn Uhr morgens an, nur ein paar Stunden nachdem ich meistens einschlief. Ich stellte den Wecker auf den Küchentisch, damit ich das Bett verlassen musste, um ihn auszustellen. Irgendeine kindliche Hoffnung sorgte dafür, dass ich mich jeden Mittwoch zum Bus schleppte und in einer Gruppe saß und einen Ball mit Stacheln zusammendrückte, weil die Stacheln in meiner Hand mich sozusagen von den sinnlichen Erinnerungen an einen harten Griff um den Hals befreien sollten. Wie naiv.

Verzweiflung. Ich schminkte mich vor dem Badezimmerspiegel, hart und finster. Wenn das Leben dir Herzblut gibt, dann nimm es als Lippenstift. Ich zog Lederjacke und Jeans und Schuhe mit Knöchelriemen an und erwischte den Bus. Mir war schlecht vor Müdigkeit. Im 7-Eleven kaufte ich mir von meiner Sozialhilfe Kaffee. Dann ging ich durch die Tür zur Traumastation, mein Herz machte ein großes Gewese darum, als ob ich Angst hätte oder so.

Drinnen saß eine fette junge Frau und machte Notizen. Sie hatte einen Kugelschreiber mit dem Aufdruck *Hilfszentrum gegen Inzest* dabei. Mit so einem hätte ich meine Autogramme schreiben können.

Ich kann nicht schlafen, sagte sie. Ich nehme drei Schlaftabletten, aber ich kann nicht schlafen, ich werde nur furchtbar hungrig, dann esse ich vielleicht zwei Stunden lang alles, was ich finden kann, danach muss ich eigentlich kotzen, aber ich will nicht. Ich will fetter werden, ich will so fett werden, dass ich das Haus nicht mehr verlassen kann, dann kann es nie wieder passieren –

Jetzt unterbreche ich dich mal kurz, sagte die Gruppenleiterin, Tunika. Sie trug eine lange Bluse und große Ohrgehänge.

Das kann für die anderen ein starker Auslöser sein. Ich schlage vor, dass wir eine Pause machen und uns die Blume auf dem Tisch ansehen. Seht ihr die Nuancen der weißen Farbe, das Spiel im Grün der Blätter.

Ich sah die Blume an. Sie stand da und versuchte, mir etwas zu sagen.

Aber, sagte die Fette, die Blume hilft mir doch nicht beim Essen oder beim Schlafen oder bei den Albträumen oder sonst wo.

Hast du es schon mit der Übung »sicherer Ort« versucht, fragte Tunika. Die kann dir beim Einschlafen helfen.

Aber ich mach das schon, seit ich elf bin, sagte die Fette. Sie fing an zu weinen und sprang auf und lief hinaus. Ich ging ihr nach.

Du, sagte ich, hast du schon versucht, den letzten Menschen, der gesagt hat, »hast du schon versucht«, mit einer Axt zu erschlagen?

Sie lächelte mit überall im Gesicht verschmierter Wimperntusche.

Die Angst ist nicht gefährlich, sagten die Psychologen und Krankenpfleger und Sozialarbeiterinnen. Ich fragte mich, wie sie wohl Gefahr definierten. Natürlich war Angst gefährlich. Sie fraß dich von innen her auf, fraß deinen Namen und deine Interessen und deine Träume. Wenn die Angst kam, war man keine Person mehr, nur Schweiß und Kotze und Blut. Die Angst konnte dich dazu bringen, dich selbst zu vermissen, oder schlimmstenfalls, kein Selbst zu haben, das du vermissen konntest. Wenn das nicht gefährlich ist, dann hat nichts eine Bedeutung.

Ich wollte alle scheiß Duftkerzen auf der Welt ausblasen. Ich hatte es satt, von »Toleranzfenstern« und »Atemankern« und »Stabilisierungsübungen« zu hören. Ich hasste Jonas, weil er mich zu einer gemacht hatte, die in Gruppen saß, wo gesagt wurde: »Danke, dass du das teilst«; zu einer, die sich vorstellen musste, sie sei ein Baum; zu einer, die in einem Kreis sitzen musste, wo man sich der Reihe nach gegenseitig Grüße schickte. Ich hätte mich weigern sollen, aber ich hatte keine Wahl. Das Dope wirkte nicht mehr, und es waren ja doch nur chemische Lügen. Ich war im Entzug und in der Suchtklinik gewesen und war nicht länger mehr Pulver als Mensch, und es war an der Zeit, auch meine Erinnerungen auf die Reihe zu kriegen. Ich war bereit, alles zu tun, um das anzugehen, woran ich mich nicht erinnern und was ich nicht vergessen konnte. Sogar einer Duftkerze dabei zuzusehen, wie sie herunterbrannte.

Es wird Zeit, dass du dir dein Leben zurückholst, sagte Tunika nach der Gruppensitzung, und ich sagte: Wie kann ich es zurückholen, was bedeutet das – zurückholen?

Verspürst du Trauer?, fragte Tunika.

Nein, ich habe ja nichts verloren, sagte ich. Mama war nie da.

Aber wie war es, sie zu verlassen? Als du in die Pflegefamilie gekommen bist?

Ich hatte ja andere Dinge, mit denen ich mich trösten konnte, sagte ich.

Zum Beispiel?

Ich hatte immer Gesellschaft von meinen Flashbacks.

Du bist schlagfertig, sagte Tunika. Glaubst du nicht, dein Witz kann dir dabei helfen, dich vorwärts zu kämpfen?

Ich sah sie an.

Vorwärts?, fragte ich. Ich gehe nur rückwärts.

Ja, sagte sie. Du hast zu tiefe Wurzeln, sagte Tunika, und zu wenige Zweige. Aber es ist nicht zu spät, die können noch wachsen. Wenn ich dich ansehe, sehe ich ein kleines Mädchen, das von seiner Mutter vernachlässigt wurde. Ich sehe eine Frau von achtzehn Jahren mit vielen Geschichten. Vielleicht einigen mehr, als die Leute hören wollen, die Epikrisen schreiben?

Ich ging weg und dachte, ich müsste anfangen, sie doch Monika zu nennen.

Ich wurde wach und war zwölf Jahre alt. Es war so dunkel im Zimmer, dass ich ihn nicht sah, ich verspürte nur den Schmerz zwischen den Beinen. Ich lag ganz still. Ich muss Licht machen, dachte ich, aber ich konnte die Hände nicht bewegen. Ich versuchte, mich zu erinnern, was in der Traumatherapie gesagt wurde: HIER UND JETZT. Ich konnte die Beine aus dem Bett heben, merkte, dass sie zitterten, als meine Füße den Boden berührten. Ich ging zum Lichtschalter neben der Tür, aber ich hatte Schmerzen im Becken, und die machten meine Schritte kurz. Ich schaltete das Deckenlicht ein. Ich schaute mich um. *Halte Ausschau nach fünf Gegenständen im Zimmer,* hatten sie in der Traumatherapie gesagt. Ich schaute mich um. Ich sah einen Kühlschrank. *Nenne drei Eigenschaften des Gegenstandes,* hatten sie gesagt. Er ist weiß, dachte ich, er ist groß, dachte ich, er ist kalt. Und so machte ich weiter mit der Orchidee, die auf dem Tisch stand, mit meiner Brieftasche. Mein Herz schlug nicht weniger, aber wenn ich die Gegenstände ansah und ihnen Namen gab, wusste ich jedenfalls, dass ich nicht zu Hause in der Wohnung bei Mama war. Ich war in einer städtischen Jugendwohnung, und ich hatte bloß Flashbacks und Albträume, also scheiß drauf. Es war ein Anfang. Ich weiß nicht, was die entscheidenden Sätze im Leben anderer sind. In meinem war es: *Jetzt reicht's.*

Ich fuhr zu IKEA. Dort waren Erwachsene, die sich stritten, und Kinder, die schrien, und alles war in helle Fichte gerahmt. Ich ging in die Kinderabteilung, sah mir Kuscheltiere und Gitterbettchen an, dann fand ich eine Frau mit Uniform und Namensschild.

Mein Sohn hat Angst im Dunkeln, sagte ich.

Sie sah mich an und dachte sicher, das sei ja wohl kein Wunder. Wenn Mama so angesehen worden war, dann konnte ich verstehen, dass sie sich zu Hause verkrochen hatte.

Ich habe versucht, nachts Licht brennen zu lassen, sagte ich, aber er hat auch Angst vor dem Licht. Er mag nicht klar sehen. Also brauche ich eine Nachtlampe mit schwachem Schein.

Sie sah mich an und lächelte.

Komm mit, sagte sie. Wir haben diese Lampe mit Ferkel aus *Pu der Bär*. Die leuchtet behutsam durch die Nacht.

Die nehme ich, sagte ich.

Meine Wohnung war jämmerlich. Im Zimmer stand die Ferkellampe und leuchtete dunkel durch meine Albträume, an der Decke hatte ich Sternenaufkleber befestigt, damit ich sie zählen könnte, wenn ich nachts wach wurde. Auf den Spiegel hatte ich mit Lippenstift HIER UND JETZT geschrieben. Wenn jemand mit mir nach Hause käme, würde er glauben, ich sei frühzeitig dement geworden. Fehlte nur noch, dass ich mir ein Schild mit KITCHEN in die Küche und HOME an die Haustür hängte.

Ich sah auf die Uhr im Laptop, es war halb vier, es war ein neuer Tag, ich brauchte mich gar nicht mehr hinzulegen und konnte das Zähneputzen für morgens und abends auf einmal erledigen.

Ich nahm einen Typen mit nach Hause, wir hatten uns unmittelbar vor Ladenschluss im Cacadou kennengelernt.

Warum steht HIER UND JETZT auf dem Spiegel, wollte er wissen.

Mindfulness, sagte ich, fahr ich total drauf ab.

Und die Kinderzahnbürste?, frage er weiter.

Mein Sohn. Er ist bei seinem Vater, sagte ich.

Du bist jung dafür, dass du ein Kind hast.

Man ist nie zu jung für einen großen Fehler, sagte ich.

Er sah mich an.

War dein Kind ein Fehler?, fragte er.

Nein, sagte ich und dachte an etwas anderes. Sollen wir diesen Mord hinter uns bringen?

Hä?

Den Beischlaf.

Okay, sagte er.

Er konnte fast nicht in mich eindringen. Es war zu eng, es tat zu weh. Als ob ich das Geschlechtsorgan eines kleinen Mädchens hätte.

Geht es dir gut, oder was?, fragte er.

Sicher, sagte ich und drehte mich auf den Bauch.

Ich biss ins Kissen, weil es so wehtat, aber plötzlich verschwand der Schmerz, mein Gehirn schwebte in den Weltraum, und ich musste fast lachen, denn er glaubte, mit mir zu schlafen, dabei war ich gar nicht da. Ich hörte auf, ins Kissen zu lachen, und plötzlich weinte ich, ich sagte, hör auf, er hörte sofort auf, er fragte, was ist los?

Du musst gehen, sagte ich, es hat nichts mit dir zu tun, aber mit mir ist etwas passiert, als ich klein war, und das ...

Das ist doch schrecklich, sagte er.

Ja, sagte ich, das ist es vielleicht?

Als er weg war, zog ich meine Kleider und meinen Körper wieder an. Warum schlafe ich mit so vielen Männern, dachte ich, es gefällt mir doch gar nicht. *Es gefällt mir nicht.* Das war ein seltsamer Gedanke. Als ob ich eine Wahl hätte. Über meinem Bett hing das Plakat von Courtney Love. *When I grow up I wanna be a kinderwhore.* Ich nahm es ab.

Mein Kissen war lila von Lippenstift und nass von Kotze. Ich drehte es um. Mein Herz hatte die Geschehnisse immer auf seine eigene Weise interpretiert, und jetzt schlug es, als wäre ich ein ängstliches Kind, das auf der Bettkante seiner Mutter sitzt und sich fragt, ob sie aufwachen wird. Ich nahm den Stachelball vom Nachttisch und schloss die Hand darum. Ich spürte die Stacheln. Hart, konkret. Ich ließ meine Gedanken in meine Hand wandern. So lag ich eine Stunde lang da, mein Herz klopfte, und ich konzentrierte mich: drücken, drücken, fühlen, fühlen, anwesend, anwesend. Am Ende glaubte mir mein Körper und beruhigte sich. Ich stand auf. Machte Kaffee. Warf einen Blick in den Spiegel. Unter meinen Augen war alles schwarz vor Schminke, und die falschen Wimpern waren schräg über die Lider gerutscht. HIER UND JETZT stand auf dem Spiegel. Ich wusch das Gesicht. Ohne Schminke sah ich nicht aus wie zwölf oder dreißig, sondern wie achtzehn.

Ich ging in die Bibliothek. Ich hatte die gesamte klaustrophobische Mädchenliteratur darüber gelesen, in sich selbst gefangen zu sein, in dem, was vom Körper noch übrig war, also eigentlich nur Knochen, Haarverlängerung und Narben. Die Zuckerzeugmädchen, die im Mund eines Typen lagen, bis er allen Zucker von ihnen abgelutscht hatte und sie ausspuckte, und sie waren klebrig und widerlich und pappten überall an. Ich hatte es toll gefunden, dass man in ihrer Welt umso mehr gewann, je zerstörter man war, je mehr das Gehirn in Stücke zerlegt war wie ein Puzzlespiel, das ein böser Stiefvater zerstört hatte, je mehr in den Körper mit Messern und Nadeln und Piercings und Männern und Sonden und Spritzen eingedrungen worden war. Je durchlöcherter man war, desto undurchdringlicher war man. Aber jetzt wollte ich etwas anderes, das trotzdem vertraut war. Ich suchte in den Regalen. Hielt inne bei Bjørneboe. *Geschichte der Bestialität.*

Ich war fast neunzehn und hatte mit hundertzwanzig Menschen geschlafen. Ich hatte eine Liste gemacht. Bei einigen standen Namen, bei anderen zum Beispiel »Schwede«, »schwarze Haare«, »weiß nicht mehr« oder »vergewaltigt?«. Für etwas musste man ja Zeit haben, wenn man nicht einmal die Schule fertig gemacht hatte. Ich öffnete das Worddokument. Markierte die drei A4-Seiten mit den Namen der Leute, mit denen ich geschlafen hatte, und drückte auf die Löschtaste. So, jetzt war ich Jungfrau. Ich ging auf Google. Ich drehte den Laptop so, dass der Bildschirm nicht aufs Fenster zeigte. Holte Luft. Suchte nach »Schulabschluss nachholen«.

Ja, meine Mutter fehlt mir, sagte ich zu Monika. Sie fehlt mir seit meiner Geburt.

Und was ist das für ein Gefühl? Weinst du manchmal wegen deiner Mutter?

Nein, sagte ich.

Was passiert, wenn du es doch tust?

Dann werde ich wieder sechs, und das finde ich nicht so spannend. Ich weiß nicht, wer ich eigentlich bin, sagte ich, und damit meine ich ganz grundlegende Dinge. Wer ist mein Vater? Wer ist meine Mutter eigentlich? Was ist mit ihrer Traurigkeit, und was hat das mit mir zu tun? Ich frage mich, ob ich entstanden bin durch ... Vergewaltigung. Was macht das aus mir?

Was du erzählst, ist existenziell, sagte Monika. Vielleicht solltest du versuchen, darüber zu schreiben?

Dein Vater war ein Vampir, sagte Mama. Weiße Haut, schwarze Haare. Deshalb siehst du so aus. Er hatte sie gebissen. Ihr die Lebenskraft ausgesaugt. Sie angesteckt. Sie schlief tagsüber, konnte Tageslicht nicht ertragen. Konnte nicht sterben, weil sie eigentlich gar nicht lebte.

Ich war nicht nur promiskuitiv, wenn es um Partner ging, ich wanderte auch von einer Institution zur nächsten, von Maßnahme zu Maßnahme. Ich hatte keine Ahnung, in wie vielen weißen Räumen ich gewesen war, wie viele Hände ich gedrückt hatte, wie viele Kleenexboxen zwischen Mama und mir gestanden hatten, wie zum Schutz. Aber diesmal war es mir ernst. Die Schule im Kirkevei, wo Erwachsene, die wegen Drogen und Psychiatrie ausgefallen waren, den Schulabschluss nachholen konnten. Sie fragten mich nach meiner Krankenakte. Nach dem Sozialamt. Nach früheren Schulbesuchen.

Ich bin bis zur Mittelstufe gekommen, sagte ich, aber das endete im Chaos.

Hier sagen wir nicht, dass du schwänzt, wenn du nicht kommst, sagte die Frau bei der Aufnahme. Aber wir möchten, dass du immer wieder zurückkommst. Bist du bereit dafür, in die Schule zu gehen? Was meinst du?

Ja, sagte ich, und meine Stimme war plötzlich belegt. Ich habe das Leben satt, das ich gelebt habe. Ich habe es satt, die Person zu sein, die ich war. Die Schule hat mir immer gefallen. Es war das Einzige, was mir als Kind gefallen hat.

Die ersten Monate in der Schule waren wie ein endloser Truxalkater. Mein Kopf war schwer, mein Körper war schwer, ich schaffte es nicht, rechtzeitig aufzustehen. Mein Norwegischlehrer, Tom, der auch mein Klassenlehrer war, erzählte mir, ich könnte in die Patientenbibliothek der Frauenklinik auf dem Krankenhausgelände gehen, wenn ich Ruhe brauchte, und dort saß ich und versuchte, im Norwegischbuch zu lesen.

Das Schöne am Fach Norwegisch ist, sagte Tom in einer Stunde, dass es kein Fazit gibt. Wenn du einen Aufsatz schreibst zum Beispiel, gibt es keine Vorschrift dafür, wie die Geschichte aussehen soll. Sie kann dramatisch oder brutal sein oder subtil und andeutend. Der Held braucht überhaupt kein Held zu sein. Die Geschichte braucht auf keine besondere Weise anzufangen, um eine gute Geschichte zu sein. Oder auf eine besondere Weise aufzuhören. Das Wichtige ist, dass es *Drive* in der Erzählung gibt. Und ihr, die ihr hier den Schulabschluss nachholen wollt, habt ganz schön viel *Drive* in euch.

Ich nahm einen Kugelschreiber und fing an zu schreiben:

Ich glaube, ich könnte vor Gericht als Beweismaterial vorgelegt werden, ich glaube nämlich, ich bin das Resultat eines Verbrechens. Ich glaube, ich bin eine lebende Abtreibung. Ich glaube, ich bin ein Fehler und eine Lüge.

Jeden Abend saß ich in meinem schwach beleuchteten Zimmer und wurde in Labyrinthe gezogen, die keine Krankenhausgänge waren. Bjørneboe, Ambjørnsen, Hofmo. Endlich Leute, die mir etwas beibringen wollten, das nicht von »Grenzen« oder »Zielsetzung« oder »Struktur« handelte. Ich hörte, dass Leute sich über Montage beklagen. Oder über harte Arbeit. Es ist harte Arbeit, auf einem Badezimmerboden zu liegen und auf der Suche nach Amphetaminresten die Fliesen abzulecken. Es ist harte Arbeit, nicht zu wissen, welcher Wochentag ist, ob es Tag oder Nacht ist, ob du zwölf oder neunzehn bist. Lernen ist vielleicht harte Arbeit, aber es füllt dein Gehirn mit etwas anderem als Verfolgungswahn. Es ist schön zu wissen, dass Montag ist, nicht weil das auf einem Plan im Aufenthaltstraum steht, sondern weil du in die Schule gehst, die du dir selbst ausgesucht hast, und Norwegisch und Physik und Mathe lernst.

Außer mir und einer anderen, Kristine, rauchte niemand. Eigentlich war es nicht erlaubt, auf dem Krankenhausgelände von Ullevål zu rauchen. Wir gingen ein Stück vom Eingang weg. Kristine hatte kurze blonde Haare, und ihre Augen waren grau. Das Feuerzeug funktionierte nicht. Ich musste lachen.

Gutes Timing, sagte ich. Ich funktioniere auch nicht.

In der Stunde schon, sagte sie. Du hast viele kluge Sachen gesagt. Etwa über Alf Prøysen.

Das war nur die Novelle, sagte ich, über das Mädchen, das einen Regenwurm aß, um in der Schule beliebter zu werden, aber die anderen fanden es danach nur noch ekliger.

Kristine nickte. Sie sah mich an. Ich hatte Feuer und zündete unsere Zigaretten an.

Einmal, sagt sie, früher in der Schule, war ich mit einem Typen zusammen, der war in einer Clique und hat mich in der großen Pause mit dem Auto abgeholt. Ich dachte, die anderen würden Angst vor ihm haben und aufhören, mich zu mobben. Aber ich wurde dadurch nur zur »Kanackennutte«.

Ich weiß nicht, mit wie vielen Jungen ich aufs Klo gegangen bin, um ihnen einen zu blasen, sagte ich. Ich sehe keinen prinzipiellen Unterschied dazu, einen Regenwurm zu essen.

Sie lachte.

Warum bist du hier?, fragte ich.

Drogen, sagte sie, Heroin. Diesen verdammten Scheiß brauch ich nie wieder. Ich will das hier fertig machen und Krankenschwester werden. Ich bin schließlich daran gewöhnt, Spritzen zu setzen. Und du?

Ich weiß nicht, sagte ich. Die Leute in meiner Umgebung haben sich mies benommen, und ich dann auch.

Sie sah mich an.

Was willst du nach der Schule machen?

Entweder will ich studieren, sagte ich, oder ich will nach Schweden.

Schweden?

Als ich klein war, haben wir eine Sommerinsel besucht. Ich hatte einen Vater, ich meine, meine Mutter hatte einen

Freund, er hieß Yassine, in einem Sommer sind wir zusammen nach Schweden gefahren. Wenn alles ganz schrecklich war, hab ich an Schweden gedacht. Ich glaube, ohne Schweden hätte ich nicht überlebt.

Sie blies Rauch aus dem Mund. Sie lächelte. Sie hatte ein warmes Lächeln.

Erzähl mir von Schweden.

Den ganzen Tag Sonne, sagte ich. Süßigkeiten in allen Farben. Volleyball.

Klingt wie ein Traum, sagte sie.

Das war es ja auch, sagte ich.

Ich drückte meine Zigarette aus. Ich hatte zu viel gesagt.

In der Stunde wurden Gedichte analysiert. Lars Saabye Christensen. Kristine saß neben mir und zeichnete eine Figur neben das Gedicht aufs Papier. Sie hatte lange dunkle Haare, schmale Wangen und große Augen.

Bin ich das?, fragte ich.

Eine hässlichere Ausgabe, sagte sie.

Das Mädchen auf der Zeichnung war hübsch.

Ich versteh das Gedicht nicht, sagte sie. Kannst du mir helfen?

Sie las das Gedicht mit ihrer heiseren, sanften Stimme vor, stotternd, als wäre es in einer fremden Sprache geschrieben: *Das Kind, das du warst, wirst du nie wieder sein/ niemand kann dich zu diesen Tagen bringen/als die Uhr ein Mysterium war/als du alles über Angst und Liebe wusstest/ niemand kann dir den Abend geben/als Spiel und Lachen dich in den Schlaf begleiteten/und nichts unmöglich war.*

Das handelt wohl von Sehnsucht danach, was vergangen ist, sagte ich. Danach, fantasievoll und verrückt und unbeschützt zu sein, wie man das in der Kindheit eben ist, und ...

Na ja, er kann aufhören, »du« zu schreiben. Denn von mir handelt das Gedicht nicht, sagte Kristine.

Wir machten einen Abstecher ins Gamle Major und holten uns jede ein Bier. Ich sah auf ihren schlanken, muskulösen Körper, als sie vor mir zum Tisch ging.

Was ist deine Geschichte?, fragte ich.

Ich bin gemobbt worden.

Ach, sagte ich und trank einen großen Schluck Bier. Ich dachte an die Spuren, die das Klebeband auf Lisas Armen hinterlassen hatte, als wir sie damals in der Schule zusammengeklebt hatten wie einen Pinguin, ich wusste genau, dass solche Spuren eigentlich nie verschwinden. Ich dachte an die Bilder von Aisha unter der Dusche, die ich mit dem Handy verschickt hatte. Mit denen ich ihr gezeigt hatte, dass ihr Körper nicht ihr gehörte.

Ich habe Leute gemobbt, sagte ich. In der Grundschule.

Kristine runzelte die Stirn.

Warum denn?

Ich weiß nicht, sagte ich.

Das fasst so gut wie alles zusammen, was ich je getan habe, sagte Kristine.

Sie lächelte, und ich lächelte, und ich dachte, dass wir nicht nur vorwärts in dieselbe Richtung schauen konnten, sondern auch rückwärts, als wären wir die ganze Zeit auf derselben Schiene gefahren.

Warum bist du gemobbt worden?, fragte ich.

Ich sah aus wie ein Junge. Alle wussten, dass ich vom anderen Ufer war. Und ich war unsicher. In der Schule haben sie mich mal mit einem Ast geschlagen, bis er durchgebrochen ist.

Und jetzt?, fragte ich.

Jetzt gehe ich in die Schule, sagte sie. Ich bin zweiundzwanzig und trau mich verdammt noch mal in die Schule, niemand schlägt mich oder drückt meinen Kopf ins Klo. Einige lachen darüber, dass ich zweiundzwanzig bin und zur Schule gehe, aber ich bin stolz darauf.

Ich legte meine Hand auf ihre.

Ich bin froh darüber, dass ich dich jetzt kenne, sagte ich.

Sie lächelte, und wir bestellten mehr Bier.

Kristines Haare waren weißblond, wie Rauch. Ihre Arme waren so muskulös und ihr Blick so fest, dass ich nicht begreifen konnte, wie es jemals jemand gewagt haben konnte, ihr etwas zu tun. Ich sagte es ihr.

Und was ist deine Geschichte?, fragte Kristine, als wir beim dritten Bier angelangt waren.

Ich habe keine Geschichte, sagte ich.

Wie meinst du das?, fragte sie.

Es gibt nichts an mir, das mir gehört. Nicht der Körper, nicht der Kopf, nicht die Vergangenheit.

Das ist sehr traurig, sagte Kristine.

Das ist nicht traurig, sagte ich. Nichts ist traurig. Ich war nie traurig.

Wärst du gern traurig?

Nein.

Ich heule jeden Abend, sagte Kristine. Ich bin wohl gesünder als du.

Ihre Hand drückte auf dem Tisch meine. Sie fuhr meinen Arm herauf, und ich spürte ein vages Zittern zwischen den Beinen, ich stellte mir vor, wie ich sie küsste, wie ich von den starken Armen gehalten würde, wie ich den tätowierten Hals küsste.

Mir war schlecht. Nicht fühlen. Nicht fühlen.

Ich ließ ihre Hand los.

Ich muss aufs Klo, sagte ich.

Ich betrachtete mein Spiegelbild. Mir gefiel nicht, was ich sah. Mein Körper war froh gewesen. Er hatte gelächelt. Ich ballte die Fäuste und bohrte mir die Nägel in die Handfläche. Das sollte er bereuen.

Ich ging zum Tresen und bestellte zwei Jägermeister.
Trinken wir auf ex?, fragte Kristine.

Genau das, sagte ich, und wir bestellten sofort zwei neue.

Warum hast du es so eilig?, fragte Kristine.

Ich beugte mich vor und küsste sie. Mir war schlecht. Schlecht im Kopf, schlecht zwischen den Beinen. Mein Körper war so, wie er sein sollte, widerlich, nicht froh. Mir war schwindlig, ich ließ mich schwankend zurücksinken und musste mich auf den Tisch stützen.

Sorry, sagte ich, mir ist nicht gut.

Bist du krank?, fragte sie.

Ja, sagte ich. Das bin ich wohl.

Brauchst du Wasser?

Ich glaube nicht, dass das hilft, sagte ich und leerte den Jägermeister in einem Zug.

Aber Kurze helfen?

Ja, sagte ich und bestellte noch einen.

Wir ließen uns in ein Taxi fallen. Ich nahm eine Schlaftablette aus der Brieftasche und schluckte sie ohne Wasser herunter.

Was machst du?, fragte sie.

Das ist nur meine Pille, sagte ich. Sicherheitshalber.

Sie lachte. Sie küsste mich. Die Tablette wirkte noch nicht, und wir waren einander ohne die Schlaftablette zwischen uns viel zu nah.

Wir küssten uns im Fahrstuhl, im Treppenhaus, als wir zur Tür hereinkamen. Die Übelkeit nahm zu, und ich wusste, was das bedeutete. Ich musste mich ausziehen. Ich streifte mit mechanischen Bewegungen das T-Shirt ab, dann machte ich das mit ihrem. Ich küsste sie und versuchte, die Übelkeit hinunterzuschlucken, ehe sie meinen Mund ausfüllte. Der Maschine war niemals schlecht, sie fühlte nichts, sie knöpfte meine Hose auf und dann ihre, zog uns aufs Bett.

He, sagte sie, alles in Ordnung?

Natürlich ist alles in Ordnung, sagte ich und versuchte, sie zu mir zu ziehen.

Halt, sagte sie. Du siehst total ... weggetreten aus, wie im Kriegseinsatz oder so.

Sie sah mich an. Ich ertrug das nicht.

Ich muss kurz ins Bad, sagte ich.

Ich beugte mich über die Kloschüssel und erbrach drei Bier, vier Kurze, eine Schlaftablette und sieben Jahre.

Sie hatte T-Shirt und Unterhose wieder angezogen und saß im Bett und sah mich an.

Wenn du willst, sagte sie – kannst du davon erzählen? Oder wir können einfach nur chillen.

Ich dachte, du würdest mich rauswerfen und meine Klamotten hinterher, sagte ich.

Warum?, fragte sie.

Ich bin doch mit dir nach Hause gekommen.

Mit was für Leuten gehst du eigentlich sonst nach Hause, sagte sie und ließ sich im Bett zurücksinken und zündete sich eine Zigarette an. Sie nahm einen Zug.

Ich legte mich neben sie.

Sie lag eine Weile so da, dann drückte sie die Zigarette in einem Glas aus.

Kann ich deine Hand anfassen?, fragte sie.

Meine Hand?, fragte ich.

Sie nickte. Ich streckte die Hand aus, und sie streichelte sie. Ihre Bewegungen waren sanft und kreisend, und ich spürte wieder etwas in meinem Körper, ich spürte Lust, und davon wurde mir schlecht.

Du bist jetzt in Sicherheit, sagte sie. Ich bin das, die dich anfasst. Weil du mir das erlaubst. Und ich höre sofort auf, wenn du sagst, dass ich aufhören soll.

Nicht aufhören, sagte ich.

Ich schluckte und blinzelte die Bilder weg, und plötzlich waren nur wir beide im Zimmer. Jetzt merkte ich es. Dass ihre Haut warm war, weich. Aber dann kam der Schmerz. Scharf und klar. Im Becken. Der Körper erinnert sich, hatte mir eine Krankenschwester erzählt. Du hast den Schmerz verspürt, als es passiert ist, und an diesen Schmerz erinnert sich dein Körper jetzt. Aber ich hatte keinen Schmerz verspürt, als es passiert war. Ich trickste den Schmerz aus, betäubte mich. Und jetzt verfolgte mich der Schmerz und rächte sich.

Sorry, sagte ich, wir müssen aufhören.

Sie nickte. Ich legte mich ins Bett.

Kann ich dich in den Arm nehmen?, fragte sie.

Ich nickte. Sie nahm mich in den Arm, und der Schmerz wurde weicher, wie Regen.

Ich habe mit hundertzwanzig Leuten geschlafen, sagte ich. Du hast nur meine Hand gestreichelt. Trotzdem kommt es mir vor, als ob du die Einzige wärst.

Ich fuhr zwei Stationen mit dem Bus, weil ich mich nicht gut genug fühlte, um zu laufen. Ich saß ganz hinten und schloss die Augen. Zwei Fahrkartenkontrolleure stiegen ein und fragten, ob ich eine Fahrkarte hätte. Das hatte ich nicht.

Dann kannst du mit uns kommen, sagten sie, und plötzlich stand ich draußen auf der Straße, zwischen zwei Männern.

Passiert das jetzt wieder, dachte ich, machen auch die das mit mir. Keine Panik, dachte ich, du bist verrückt, die verpassen dir nur ein Bußgeld, aber ich hatte kein Geld und kannte nur eine Möglichkeit, mir welches zu besorgen. Ich sank auf die Knie. Ich weinte und sagte, meine Mutter sei nie für mich da gewesen, ich sei als Kind missbraucht worden in der Psychiatrie gewesen in einer Pflegefamilie in einer Jugendwohnung und ich hätte mit mehr Männern geschlafen als ich Probleme hatte und dass ich vom Sozialamt Geld bekäme und mir kein Badezimmer leisten könnte und deshalb ein Bad auf dem Gang hätte und dann wohnt man doch nicht richtig und das ist nicht genug, ich fragte, ob es richtig sei, dass ich für all das büßen sollte, ich hätte mir keine Fahrkarte gekauft, weil ich weder Geld noch Überblick hätte, und das müssten sie doch verstehen. Ich redete und redete und starrte den Boden an, und plötzlich ging mir auf, dass ich allein war, dass die Kontrolleure gegangen waren.

Zu Hause fing ich wieder an zu weinen: Ich weinte um mich selbst, ich weinte um Kristine, und ich weinte um Mama. Ich weinte, weil Kristine in der Schule der Kopf in die Kloschüssel gedrückt worden war. Ich weinte um Mama, weil ich weiß, dass sie nicht schlecht ist, das wäre leichter. Und ich weinte um alles, was meine Trauer eingesperrt hatte. Ich sah im Spiegel meinen nackten Körper an. Auf irgendeine Weise hatte der die ganze Zeit mir gehört, er war in allen Situationen da gewesen, als mein Kopf nicht dabei gewesen war. Das war ein unangenehmer Gedanke.

Ich konnte nicht in die Schule gehen. Konnte Kristines scharfe graue Augen nicht sehen, den starken Nacken, die weichen Hände, die Zugang zu Stellen gefunden hatten, zu denen ich mir selbst keinen Zugang erlaubte. Also blieb ich zu Hause und trank Schnaps und schaute Serien und weinte. Ich sank auf dem Badezimmerboden in mich zusammen und hatte Angst vor meiner eigenen Angst.

Tom rief aus der Schule an. Wollte wissen, wie es mir ging. Ich sagte, gut, aber ich müsse da noch eine Serie schauen und könne leider nicht kommen. Er sagte, ich hätte mich fachlich hervorgetan. Ich sagte, ich hätte einen Zusammenbruch gehabt. Er sagte, ich solle versuchen, wenigstens zu einer Stunde zu kommen, vielleicht zu Norwegisch, wo ich dieses Fach doch so mochte. Oder ich könne ein Thema bekommen und zu Hause daran arbeiten, was ich davon hielte? Ich legte auf. Ich legte mich hin, und mir kam der Gedanke: Ich war dabei, zu werden wie meine Mutter. Zerstört nach einer Nacht mit etwas, das Ähnlichkeit mit Liebe hatte. Weinen und schlafen und trinken und zittern. Mein Telefon machte pling. Eine SMS von einer unbekannten Nummer. *Komm doch in die Schule, bitte. Dann können wir zusammen schwänzen. Kristine.*

Kristine stand in der Raucherecke. Sie sah mich an, gab sich Feuer. Die Stille in ihren Augen machte mir Angst.

Hallo, sagte sie, schön, dich zu sehen.

Sie umarmte mich. Sie roch nach Tabak und Lederjacke. Sie roch nach etwas, in das ich eintauchen wollte. Ich wollte nicht loslassen. Ich wollte sie den ganzen Tag an mich drücken. Sie lachte und schob mich weg.

Hot and cold, sagte sie.

Ausweichende Bindung, sagte ich.

Hä?

Nur so was, was sie mir in der Psychiatrie erzählt haben.

Sie nickte.

Vielleicht können wir unsere eigenen Wörter finden, sagte Kristine und lächelte.

Kristine zeichnete mich auf eine Serviette. Nicht so, wie ich es getan hätte, als Bratz-Doll mit Kinderwhore-Kleid. Sie zeichnete ein ernstes, entschlossenes Gesicht, einen Blick, der aussah, als hätte er viel zu erzählen.

Das bist du, sagte sie. So, wie andere dich sehen. Vergiss diesen Klamottenstil. Der ist bloß ein Kostüm.

Ich nahm meine Serviette und schrieb: *Kristine – Krise-Stine – Epikrise-Stine – mit Wunden an Armen und Bauch und Beinen, Augen mit Scharten, die den Frühling suchen müssen – ein Körper mit Narben nach Fehlschüssen, Nadeln in den Adern, Männern zwischen den Beinen, endlich Platz genug zum Weinen – bin ich ein Fehlschuss für dich? Denn in dein Blut will ich, will in deinen Kopf, mag eine Nutte sein, aber drück mich wie eine Spritze in dich rein.*

Kristine las das Gedicht. Sie lachte.

Zu dir oder zu mir?, fragte ich.

Vielleicht zu beiden, sagte sie.

Was?, fragte ich.

Dir geht es nicht gut, sagte sie, wir warten lieber.

Aber warum wolltest du dich dann mit mir treffen?, fragte ich.

Weil ich dich mag, sagte sie.

Wie kannst du mich mögen, wenn du nicht mit mir schlafen willst?, fragte ich.

Vielleicht mag ich mehr an dir als nur deinen Körper, sagte Kristine, und mir wurde schwindlig, mein Mund war wie ausgedörrt, ich fragte mich, was zum Teufel das sein könnte.

Ich lag drei Tage lang im Bett und sah fern, aber als ich ausschaltete, konnte ich mich an nichts mehr erinnern, nicht einmal daran, wie die Serie hieß. Es ging um ein Mädchen, dachte ich, und dann war Schluss. Ich konnte mich nicht an die Handlung erinnern, nicht an die Menschen, mit denen das Mädchen zu tun hatte, an keinerlei Regung in irgendeine Richtung. Ich sah mein Telefon an. Fünf entgangene Anrufe. Alle von ihr. Mein Telefon machte pling. Ich öffnete die SMS. *Es ist okay, wenn du nicht interessiert bis, aber wenn doch, dann gib mir eine Chance. Ich fand es richtig schön, mit dir zu chillen. Ich will jedenfalls nicht, dass du wegen mir nicht mehr in die Schule gehst. Du schiebst mich weg, aber wenn es nicht daran liegt, dass du mich nicht leiden kannst, können wir uns vielleicht noch einmal treffen?* Ich schaltete den Fernseher aus. Ich schickte eine SMS. *Vielleicht will ich.*

Kristine fragte nicht, warum ich eine Ferkellampe hatte und einen Spiegel, auf dem HIER UND JETZT stand. Wir saßen auf dem Sofa.

Sie hatte den Arm um mich gelegt, und ich hatte das Gefühl, dass sich in mir etwas löste, ich wurde weich in der Brust, ich muss weg hier, dachte ich.

Du musst gehen, sagte ich, ich hab eine Verabredung.

Mit wem?

Mit dem Badezimmerboden, sagte ich.

In der Traumatherapie behandelten wir das Thema, »wie gehen wir mit Angst vor Beziehungen um«. Monika erzählte, dass viele Traumata in Beziehungen entstünden und dass es deshalb normal sei, später Angst vor Beziehungen zu haben. Praktisch, dass sich Schlaftabletten, Lederhandschuhe, Nachthemden, wache Nächte, Tränen in Marmeladengläsern, Plastikpuppen, Nagellack und Haarspray in einem einzigen Wort zusammenfassen ließen.

Oft wirst du verletzt von jemandem, der dir nahesteht, sagte Monika. Aber für viele ist das Schlimmste daran, dass andere davon wussten und nicht eingegriffen haben.

Ich sah sie an. Die scheiß Blumen auf ihrem Pullover.

Nein, sagte ich. Es war keiner, der mir nahestand. Und niemand hat mich im Stich gelassen, denn denen hätte ich dann doch vorher vertrauen müssen.

Nun ist es aber so, dass Kinder von ihren Eltern abhängig sind –, fing sie an.

Ich habe die Kindheit übersprungen, sagte ich, und ich war nie von irgendwem abhängig. Ich komme zurecht, und ich begreife nicht, warum ich hier mit lauter Leuten zusammensitzen soll, die eine Mutter vermissen, die sie nie gehabt haben.

Mein Herz hämmerte, und ich stand auf.

Charlotte, hörte ich Monika in weiter Ferne sagen, Charlotte, bist du da?

Ich hörte ihre Stimme, sie nannte einen Namen, der meiner sein sollte, aber ich schaffte es nicht, ihr zu antworten. Der Körper, in dem ich umherlief, hatte niemals mir gehört, mein Kopf tat seltsame Dinge, die ich nicht begriff, wozu brauchte ich also einen Namen?

Kristine war zweiundzwanzig, drei Jahre älter als ich. Aber genau wie ich hatte sie schon als Kind erwachsen sein müssen, und als Erwachsene war sie lange ein Kind gewesen. In gewisser Weise waren wir das noch immer: Wir hatten keine Arbeit, wir wurden vom Sozialamt versorgt, wir gingen zur Schule. Aber an dem Tag, an dem du aus dem Bett aufstehst, zum Entzug gehst oder ganz einfach beschließt, mehr zu schreiben und weniger die Beine breit zu machen, bist du vielleicht von nichts genesen, aber du bist jedenfalls eine, die über das nachdenkt, was um sie herum passiert. Deshalb redete ich mit mir selbst. Ich redete mit mir, wenn ich in den Supermarkt ging und plötzlich den Geruch des Herrenparfüms bei dem Mann vor mir in der Schlange wiedererkannte und für einen Moment mich selbst als fünfzehn Jahre alte Kinderhure in einer Wohnung in Majorstua sah, ich sagte mir: »Dieser Mann hat ein Parfüm benutzt, das er in einer Parfümerie gekauft hat, er steht vor mir im Laden und will seine Einkäufe bezahlen, ich bin neunzehn Jahre alt und werde meine Einkäufe bezahlen, und mehr passiert hier nicht.« Solche Dinge. Schlichte, idiotische Sätze, die zwar nicht verhindern konnten, dass mir schlecht wurde oder dass mein Herz loshämmerte, als ob ich high von Amphetaminen wäre, aber ich spürte meine Füße auf dem Boden, ich gab zweimal die falsche PIN ein, während meine Hände zitterten, aber beim dritten Mal war sie richtig.

An einem Abend ging ich in einem hellen Mantel nach Hause, ein Typ ging hinter mir, sehr dicht hinter mir. Ich dachte, mein Mantel würde ruiniert werden, wenn er jetzt über mich herfiele. Der schmutzige Schnee würde ihn versauen. Kann man das schon im Voraus erledigen?, überlegte ich, sich hinlegen, und meine Beine gaben unter mir nach, ich sank in den Schnee. Warum hatte ich bloß angefangen, schöne Kleider anzuziehen. Die wurden ja eh nur verdorben.

Entschuldigung, sagte er, geht es dir nicht gut?

Na los, sagte ich, tu es einfach.

Was hast du gesagt?

Ich fing an zu weinen.

Sorry, sagte ich, ich dachte, du wolltest mich überfallen.

Nein, Himmel, sagte er und half mir auf die Beine. Du wirkst ein bisschen verstört. Hast du jemanden, zu dem du gehen kannst?

Ich klingelte mit schmutzigem Mantel bei Kristine und weinte.

Was ist passiert?, fragte sie.

Ich dachte, ich würde überfallen, sagte ich, und dann habe ich mich hingelegt. Und jetzt ist mein Mantel dreckig.

Warum hast du dich hingelegt?

Ich dachte, es ist keine Vergewaltigung, wenn ich ihr zuvorkomme.

Kristine schlug die Hände vors Gesicht. Wir gingen ins Wohnzimmer. Sie biss die Zähne zusammen.

Du redest von deinem *Mantel*, sagte sie. Und du hast dich *hingelegt?* Was zum Teufel? Was, wenn etwas passiert wäre? Was ist mit dir? Und was ist mit mir?

Mit dir?, fragte ich.

Ja, mit mir, sagte Kristine. Ich bin auch eine Person in dieser Beziehung. Was dir passiert, geht auch mich an, und du wirkst oft so, als ob du es einfach *geschehen lassen* willst, als ob *du* nichts wert bist, als ob *ich* nichts wert bin.

Sie nahm die Blumenvase vom Tisch und schleuderte sie zu Boden. Das Glas klirrte.

Ich musste lachten.

Vor allem *out of character* dabei ist ja, dass du zu Hause eine Vase hast, sagte ich.

Sie zuckte mit den Schultern.

Die hatte ich von meiner Oma. Ich kaufe eine neue. Und wir lassen den Mantel reinigen, sagte sie.

Wir gingen in die Knie und lasen die Glasscherben auf. Gemeinsam.

Ich gehörte zu Kristine wegen der Scherben. Der Narben. Der Adern. Sie hatte zu Hause keine Bücher. Aber sie hatte Zeichenpapier. Es lag überall in der Wohnung herum, wenn ich zu Besuch kam. Einmal wollte sie mich nackt zeichnen. Ich lag still in ihrem Bett, das konnte ich. Aber danach zeigte sie mir die Zeichnung. Die sah nicht richtig aus. Alles hing zusammen, wie ein normaler Frauenkörper. Noch immer hatten meine Arme keine Verbindung mit dem Rumpf oder der Kopf mit dem Hals, der Mund lief über das halbe Gesicht, mein Körper war zerknittert wie Papier und voller Risse. Aber hier sah ich ein normales Mädchen. Nackt. Ziemlich dünn, nicht gerade durchtrainiert, obwohl ich viel Erfahrung darin hatte, vor meinen Problemen wegzulaufen.

Das ist dein Körper, sagte Kristine. *Deiner.*

Ich konnte nicht mit ihr schlafen. Ich mochte sie. Das ergab Sinn. Ich konnte nur mit Leuten schlafen, die ich hasste. Und darüber war ich froh, ich fühlte immerhin etwas, Schmerz, brutal und scharf, Angst, Trauer. Ich lag da und spürte ihre Zunge an meiner, nahm den Geruch ihres Halses wahr, und dann schob sie ihre Finger zwischen meine Beine, und es kam mir vor, als ob etwas auseinandergerissen würde, die Bilder kamen und sprengten unsere Welt in Stücke. Ich weinte in ihren Armen, und sie hielt mich fest.

Ich hasste meinen Körper. Nicht wie er aussah, sondern wie er sich *anfühlte.* Ich gab die Schminke auf, weil ich es nicht ertragen konnte, angestarrt zu werden, aber es wurde nur schlimmer: Die anderen sahen nicht mehr meinen lila Lippenstift oder den blauschwarzen Lidschatten, ohne Schminke fühlte sich meine Haut durchsichtig an, als ob alle direkt in mich hineinblicken konnten. Sie sahen, dass ich ein Herz hatte, und sie sahen die Herzschläge, schnell wie die Beine eines fliehenden Tieres.

Kristine wartete vorm Oslo City auf mich, wie gut dir das nackte Gesicht steht, sagte sie. Ich schaute nach unten, auf den Asphalt, der Risse hatte, und ich fiel selbst in ein Loch.

Ich zuckte zusammen, als Kristine meine Schulter berührte, und ich flüsterte oder rief: Fass mich nicht an!

Du warst total weg, sagte sie, und ich habe Angst, wenn ich keinen Kontakt zu dir habe.

Ich habe Angst, wenn ich Kontakt zu mir habe, sagte ich.

Du hast mir die Fähigkeit genommen, GANZ WEG zu sein und auf alles zu scheißen, sagte ich zu Kristine. Ich habe ANGST, verstehst du das.

Ich sah mein Spiegelbild im Fenster, und ich hasste hasste hasste, was ich sah, als ob ich bei RETTET DIE KINDER mitmachen sollte, und zwar als kleines traumatisiertes weibliches Opfer. Gib noch eine Prise Anorexie und vielleicht ein paar blaue Flecken dazu, dann bin ich PERFEKT. Du bist perfekt, du bist perfekt, du bist perfekt.

Ich bekam einen Termin bei einer Sexologin von der Beratungsstelle für Übergriffsopfer. Ich dachte, das sei eine Einrichtung für akute Fälle, und bei mir war es ja nicht gerade akut, aber zugleich erlebte ich es jeden Tag, Tag und Nacht. Ich hatte sieben Jahre gebraucht, um herzukommen, ich begriff die Leute nicht, die das am Morgen danach tun, die in Kleenex weinen, Beweise sichern, sich auf Schwangerschaft und Geschlechtskrankheiten testen lassen. Ich glaube nicht, dass sie stärker sind als ich, aber sie haben etwas anderes. Sie haben vielleicht Mütter, die ihnen gesagt haben, dass solche Dinge nicht passieren dürfen. Dass das, was mit ihren Körpern passiert, sie etwas angeht. Also gehen sie nicht nach Hause und duschen die Beweise weg, damit ihnen nicht die Schuld gegeben wird. Sie haben Glück, denn sie wissen, dass sie nicht schuld sind.

Ich kam zu einer rundlichen Frau mit Bergenser Akzent. Sie saß in einem Zimmer mit weißen Wänden und grünen Stühlen. Ich hatte wasserfeste Wimperntusche und in der Tasche eine Sonnenbrille.

Ich finde es stark von dir herzukommen, sagte sie. Manche kommen erst viele Jahre später. Ich bin Frauen von sechzig begegnet, bei denen es passiert ist, als sie dreizehn waren, und ich bin die Erste, der sie es erzählen. Und manche kommen nie.

Ich bin neunzehn, sagte ich, ich war zwölf, als es angefangen hat, es ging weiter, bis ich dreizehn war.

Nach sieben Jahren sind alle Zellen im Körper erneuert worden, sagte sie. Wenn du zwanzig bist, gibt es also in deinem Körper nichts mehr, das er angerührt hat.

Danach sind auch Dinge passiert, sagte ich, und ich habe mehr oder weniger selbst die Initiative ergriffen.

Das kommt oft vor, sagte sie. Hast du Erinnerungen an sexuelle Empfindungen, bevor der Missbrauch angefangen hat?

Die hat eine andere, sagte ich.

Wie meinst du das?

Ich bin nicht die, die ich war. Ich bin *ummöbliert* worden, sagte ich.

Man kann zurückmöblieren, sagte sie. Vielleicht nicht ganz genau so, wie es war, aber jedenfalls anders als jetzt. Du warst jung, aber alt genug, um Erinnerungen an die Zeit vor den Übergriffen zu haben. Es gab eine Zeit davor. Die darfst du nicht vergessen.

Vorher war es auch nicht so besonders gut, sagte ich.

Was verbindest du mit Sex?

Schmerz, sagte ich. Bis ich nichts mehr fühle.

Kommt es vor, dass du onanierst?

Manchmal, sagte ich. Wenn ich mich selbst verletzen will.

Verspürst du bisweilen sexuelle Lust?

Ja, aber dann muss ich mich erbrechen. Es war einmal ... ich kann das nicht sagen.

Vielleicht wird es einfacher, wenn du es sagst.

Nein, sagte ich. Aber es geht darum ... ich will nicht, dass meine Freundin mich anfasst.

Warum nicht?

Weil ich das vielleicht schön finde.

Was passiert dann?

Ich will nichts empfinden, sagte ich. Weder Gutes noch Schlechtes. Überhaupt nichts. Es soll taub sein. Alles ausgesperrt. Wenn ich an meine schlimmsten Erinnerungen zurückdenke, glaube ich, dass die *Reaktionen* das Allerschlimmste waren. Nicht das, was passiert ist, ich war ja nicht dabei.

Wie ist es für dich, deine Arme zu berühren?, fragte sie.

Ich strich mir über die Arme und spürte einen harten Griff um die Handgelenke, die Übelkeit kam, und ich ließ los, ich sagte: Noch nicht.

Kannst du dir vorstellen, sagte sie, dass es auf der Welt unterschiedliche Arten von Händen gibt? Es gibt Hände, die Dinge getan haben, die sie niemals hätten tun dürfen, und es gibt andere Hände, deine eigenen, die Hände deiner Freundin, Hände, die dir nicht wehtun wollen?

Ich sah meine Hände an. Die Hände hatten Narben von damals, als ich gegen die Wand geschlagen hatte. Sie wollten mir wehtun. Aber Kristines Hände – vielleicht nicht.

Kannst du nach Hause gehen und dich vor dem Spiegel ausziehen?, fragte sie. Dich ansehen und einfach nur denken: *Das ist mein Körper. Meiner.*

Mein Körper. »Meiner«? Ich versuchte es noch einmal. Hahaha. Er hatte der Psychiatrie und dem Entzug und dem Jugendamt und jedem zweiten Typen gehört, der mir in einer Kneipe begegnet war. Ich hasste diesen Körper, er gehörte mir nicht, doch zugleich war er alles, was ich hatte. Mein Körper hatte mich betrogen, und ich hatte ihn betrogen. War es möglich, wenn wir schon keine Freunde sein könnten, doch zumindest Bekannte zu werden?

Können wir wie Löwen schlafen?, fragte Kristine.

Wie denn?, fragte ich.

Ich war immer ein Raubtier, wenn ich wach war, und im Schlaf war ich die Beute.

Löwen schlafen eng beieinander, sagte sie. Obwohl es in der Savanne warm ist, obwohl sie es nicht müssen. Sie wollen es so.

Sie schmiegte sich an mich, legte den Arm um mich. Die Wärme ihres Körpers ließ mich an Mama denken. Nur dass ich den Arm um sie gelegt hatte, weil sie so oft schlief oder im Halbschlaf war.

Ich wurde davon wach, dass Kristine mir mit einem Handtuch über den Rücken strich.

Du bist triefnass, sagte sie. Hattest du einen Albtraum?

Ich weiß nicht, sagte ich, ich kann mich nicht immer an meine Träume erinnern, ich werde einfach wach und habe Angst und weiß nicht, warum.

Sie fuhr mir mit dem Handtuch über die Stirn, als wäre ich ein Kind und hätte Fieber.

Kann ich ein Lied anmachen?, fragte sie.

Sinéad O'Connor sang mit ätherischer Stimme: *For when you need me I will do what your own mother didn't do, which is to mother you.*

Kristine sagte, es gäbe andere Geschichten, von denen ich nicht wüsste, dass ich sie erzählen könnte.

Schreib sie auf, sagte sie. Du hast mir doch von dem Marmeladenglas und dem Glasperlenmädchen und der Plastikpuppe erzählt. Eine Geschichte darüber, die eigene Geschichte nicht zu verstehen, ist auch eine Geschichte.

Ein Mädchen, das Dinge an die Wand schmeißt oder sich auf Krankenpfleger wirft oder wegläuft, um Amphetamin zu schnupfen, ist immer noch ein Ding, das »ausagiert«. Aber wenn ich selbst über diese Sachen schriebe, wäre ich draußen, ich wäre jemand mit Definitionsmacht. Eine Faust sagte vielleicht mehr als tausend Worte, aber tausend Worte über eine Faust sagten alles.

Wenn man alle Werte auf den Kopf stellte, dann hatte ich gewonnen. Ich war gut darin, schlecht zu sein, die Beste beim Bösesein, tüchtig im Kranksein, so erniedrigt, dass ich erhöht war. Das konnte ich zu etwas benutzen. Ich öffnete ein neues

Dokument und schrieb. Ich schickte meinen Text zu dem Kurzgeschichtenwettbewerb einer Studierendenzeitschrift. Einige Wochen später kam eine Mail, ich hatte gewonnen.

Ich ging zur Release-Party der neuen Ausgabe ins Uglebo in der Nähe der Uni. Die Redakteurin begrüßte mich und fragte, ob ich mich zu ihr setzen wolle. Sie hatte halblange braune Haare, ein weißes Hemd, diskrete Silberohrringe, wenig Schminke. Sie hatte das Hemd zugeknöpft, aber die Studenten lächelten sie trotzdem an.

Wir freuen uns so darüber, dass du in dieser Nummer dabei bist, sagte sie, es ist ein düsterer Text, ich glaube, du setzt Angstmetaphern ein, um eine psychische Landschaft zu beschreiben, stimmt das?

Ich weiß nicht, sagte ich. Ich schreibe einfach nur.

Was studierst du?, fragte sie.

Ich gehe zur Schule.

Ach, sagte sie, holst du Fächer nach, oder was?

Nein, sagte ich, habe nur die Hauptschule.

Ja, okay, was hast du nach der Hauptschule gemacht?

Öhm, sagte ich, das ist eine ziemlich lange Geschichte.

Ich habe Zeit, sagte sie.

Ja, sie hatte Zeit. Sie war zwanzig Jahre alt und Redakteurin einer Zeitschrift und ging auf die Universität. Ich hatte keine Ahnung, wo ich anfangen sollte.

Sie stand auf und stellte die neue Ausgabe vor.

Und hier haben wir einen spannenden Text über lebende Puppen, von Charlotte Jacobsen, den sie uns vorlesen wird. Der Text führt uns die Verdinglichung von Menschen vor Augen, und das kann als Kritik an Kapitalismus und den Mechanismen hinter sexuellem Missbrauch und Gewalt verstanden werden. Ich stand auf und ging ans Mikrofon.

Entschuldigung, sagte ich, habe ich darum gebeten, meinen Text zu interpretieren? Es ist eine Horrorgeschichte, das ist alles.

Ich fing an. Ich hörte meine Stimme, in weiter Ferne, ich sah, wie sie dort mit Brille und schwarzer Kleidung saßen und mich ansahen.

Sorry, sagte ich, stand auf und ging von der Bühne.

Geht's dir nicht gut?, fragte die Redakteurin.

Ich schüttelte den Kopf, zog meine Lederjacke an und ging.

Ich hatte nie Probleme mit Bitches oder Huren oder anderen, die einfach versuchen, das Beste aus dem Leben zu machen. Das Problem sind alle anderen. Die, die nicht so viele künstliche Wimpern verwenden, dass ihre Augen zu schwer sind, um sie offen zu halten. Die, die ihren Körper als etwas betrachten, um das ein Mann sich verdient machen muss, oder schlimmer noch, als ob er gar keine Prämie wäre, sondern etwas, das ihnen selbst gehörte. Die mit der sogenannten Selbstachtung. Sie sehen mich an, als ob sie etwas wüssten, das ich nicht weiß. Und das Schlimmste ist, dass es stimmt. Ich werde niemals sagen, dass ich alles erlebt, alles gesehen habe, dass ich eine Menge Lebenserfahrung habe, oder was die Leute so reden, um ihre Fehltritte zu verteidigen. Ich habe nicht mehr Erfahrung als jede Person mit glücklicher Kindheit. Ich habe nur andere Erfahrungen. Sie haben Erfahrungen mit dem Schönen, ich habe Erfahrungen mit dem Hässlichen. Denk mal darüber nach und rechne dir aus, wer gewinnt.

Sie sagten, man könne nicht wissen, was Glück ist, wenn man niemals Schmerz verspürt hätte. Aber konnte man wissen, was Schmerz ist, wenn man niemals glücklich gewesen war? Die einzigen Anflüge von Glück, die ich verspürt hatte, hatte ich geliehen oder gestohlen und mit Zinsen oder Buße bezahlt. In Kristines Armen war es so warm und weich, dass ich zum ersten Mal glücklich war.

Wie soll man für Liebe bezahlen. Mama bezahlte mit ihrem Körper, und als der nicht genug war, bezahlte sie mit meinem.

Ich saß im Unterricht im Kirkevei und sah zur Tafel, und als sich der Lehrer plötzlich über den Hals strich, erkannte ich den Abdruck eines Würgegriffs, und ich sprang auf und lief zur Toilette und setzte mich auf den Boden und starrte vor mich hin.

Charlotte, sagte Kristine durch die Tür, bist du da drinnen?

Sie klopfte nicht an. Sie wusste, dass ich damit nicht umgehen konnte. Ich schloss auf.

Ich werde verrückt, sagte ich, von allem, worüber ich nicht sprechen kann.

Vielleicht solltest du versuchen, mit irgendjemandem darüber zu reden.

Ich kann das einfach nicht. Ich kann das nicht sagen.

Kannst du es denn aufschreiben?

Vielleicht, sagte ich. Können wir heute Abend chatten?

Sie nickte.

Gehen wir wieder in den Unterricht?, fragte sie.

Ja, sagte ich.

Wir gingen Hand in Hand ins Klassenzimmer.

Was, wenn sie anfing, mich zu verachten. Was, wenn sie mit mir Schluss machte. Ich fand Alkohol im Schrank und trank direkt aus der Flasche. Ich nahm zwei Schlaftabletten und trank mehr, der Bildschirm vor mir leuchtete blau. Ich sah mein Spiegelbild im Fenster, es war ein Mädchen, das ich nicht mehr kannte.

Bist du da?, schrieb Kristine.

Glaub schon, schrieb ich.

Wir müssen das nicht tun.

Aber ich will.

Ich trank noch einen Schluck. Alkohol und Pillen ließen die Buchstaben auf dem Bildschirm verschwimmen. Dann schrieb ich. Ich schrieb schnell, und danach drückte ich auf »senden«, und dann schrieb ich noch mehr. Ich schrieb eine Nachricht nach der anderen. Dann bereute ich es, ich schrieb, dass sie das nicht lesen sollte, aber ich sah, dass sie es schon getan hatte.

Dann schrieb ich es schließlich. Das, was ich absolut nicht sagen konnte. Das, was niemals jemand erfahren durfte.

Er legte sich sofort auf mich, schrieb ich. *Und ich reagierte.*

Wie hast du reagiert?

Mein Körper hat reagiert. Ich bin wohl gekommen. Technisch betrachtet. Das ist mir nie wieder passiert.

Ich sah den Text an. Jetzt hatte ich es gesagt. Ich sah, dass Kristine es gesehen hatte. Ich sah, dass sie schrieb. Ich hätte den Laptop zerschlagen können.

Aber großer Gott, dafür konntest du doch nichts!

Das bedeutet, dass ich es wollte, oder nicht. Das bedeutet wohl, dass er mir ansah, dass ich es wollte. Das bedeutet, dass ich so verdammt zerstört werde WOLLTE.

Nein, das bedeutet es nicht. Du warst ein Kind. Aber glaub mir: Sex, Rausch und Psychosen können die besten und die schlimmsten Erlebnisse überhaupt sein. Und das Gemeinste ist vielleicht, wenn das Beste und das Schlimmste sich vermischen. Wenn man nicht weiß, was was ist, und sich fragt, ob es eigentlich dasselbe ist.

Du hast keine Ahnung, wie schwer es war, dir das zu sagen, ich habe es nicht einmal mir selbst gesagt. Das ist das Schwierigste, was ich jemals gemacht habe.

Ich klappte den Laptop zu. Jetzt wusste sie, wie widerlich ich war. Jetzt war es im Netz gespeichert, es war niemals mehr möglich, es zu löschen. Hacker konnten es finden. Sie konnte es als Beweis gegen mich verwenden, als Beweis dafür, wer ich war, was ich war. Mein Handy machte pling.

Ich liebe dich.

Mich lieben, dachte ich, – mich lieben *lieben?* – nach so etwas. Jetzt, wo sie es weiß. All das, was ich nicht sagen konnte. Es gab eine Akzeptanz und eine Wärme, die nicht auszuhalten waren, und ich schlug mein Zimmer zu Klump und ging nicht ans Telefon, wenn sie anrief, und ich legte mich ins Bett und weinte, immer noch betrunken und zugedröhnt, und ich sagte:

Ich liebe dich auch.

Es war das erste Mal, dass ich so etwas gesagt hatte.

Ich ging zu H&M, um mir ein ganz normales T-Shirt zu besorgen, ohne tiefen Ausschnitt, ohne nackten Bauch. Ich stand mit dem T-Shirt da und wollte noch Nagellackentferner kaufen, als ein Mädchen neben mir Lipgloss in ihre Handtasche fallen ließ. Sie war jung. Vielleicht zwölf. Sie trug dicke Augenschminke und enge Jeans und hatte einen leichten Knick im Kreuz, weil sie die Brust nach vorn schob. Ich sah es ihr an. Sofort.

Mir wurde es klar, als ich mit dem T-Shirt in der Tüte nach Hause ging, ich dachte an das Mädchen im Kaufhaus, sie hatte einen Lippgloss gestohlen, und ich hatte einen Entschluss gefasst. Ich konnte die rechtlose Wirklichkeit nicht mehr länger ertragen. Für ihn war es folgenlos geblieben, mich hatte es fast das Leben gekostet. Ich musste den Mund aufmachen. Manche Dinge, die passierten, waren in Ordnung, andere nicht. Manche Dinge hätten niemals passieren dürfen, und erst recht keinem zwölf Jahre alten Mädchen – wie dem, das ich im Geschäft gesehen hatte. Ich wählte Kristines Nummer.

Hallo, kann ich vorbeikommen?

Ich sagte es, sobald sie die Tür öffnete, und obwohl ein Nachbar vorbeiging.

Ich will den Missbrauch anzeigen.

TEIL VIII

In dem Jahr, als ich dreizehn wurde, war ich zu Hause in der Wohnung gefangen. Im Nachhinein habe ich mich gefragt: Warum bin ich nicht weggelaufen? Warum habe ich mich nicht gewehrt? Warum habe ich nicht Nein gesagt? Warum habe ich niemandem davon erzählt? Aber es hatte eine eigene Logik. In der Klinik ist mir ein Typ begegnet, der mitten in einer Bewegung erstarrt war, ich habe es gegoogelt, es heißt katatone Schizophrenie. Er hätte nicht eingesperrt zu sein brauchen, denn wie hätte er es schaffen sollen wegzulaufen? Und ich erinnere mich, die Logik dieses Jahres ging so: Ich musste mir jeden Morgen die Zähne putzen, ich musste alle paar Stunden meine Schminke erneuern, ich musste jeden Abend ins Bett gehen, und ich musste darauf warten, dass er kam. Den Rest meines Lebens habe ich versaut: Ich habe die Schule geschwänzt, mich mit Tabletten und Weed und Bier zugedröhnt, habe mich mit Fahima herumgetrieben. Und ich wurde festgehalten, nicht mit einem Strick, nicht mit einer Pistole am Kopf, meistens nicht mit Händen. Sondern einfach durch die Routine. Dass so etwas passieren konnte, passieren musste, dass man damit einfach zu rechnen hatte.

Es war die schwierigste Nummer, die ich jemals gewählt hatte, jedenfalls gleich nach jedem Mal, wenn ich Mamas Nummer wählte.

Ich will einen sexuelle Missbrauch anzeigen, sagte ich.

Moment, dann stelle ich Sie zur Abteilung für schwere Sexualdelikte durch, sagte er.

Hallo, sagte eine Frauenstimme. Womit kann ich Ihnen behilflich sein?

Ich will sexuelle Übergriffe anzeigen, sagte ich. Seit ich zwölf war, bis ich dreizehn war. Durch den Liebhaber meiner Mutter.

Haben Sie schon mit einem Anwalt gesprochen?

Nein.

Sie haben ein Recht auf einen Anwalt. Wenn Sie mir Ihre Mailadresse geben, schicke ich Ihnen einige Namen.

Kinderwhore97@hotmail.com

Sie schwieg.

Ja, sagte ich, vielleicht sollte ich mir eine neue Mailadresse besorgen.

Meine Anwältin hatte lange blonde Haare, typisch, dass sie so hübsch war, wenn ich über etwas so Scheußliches sprechen musste. Ich trug T-Shirt und Jeans und war plötzlich gestresst, ich hatte keine Narben, ich war nicht fett oder zu dünn, ich sah relativ normal aus, und ich war ganz normal angezogen. Ich sah nicht aus wie ein Opfer, vielleicht würde sie mir nicht glauben.

Sonst hab ich mich immer angezogen wie eine Hure, versicherte ich.

Ach?, sagte sie.

Normalerweise wäre ich auch zugedröhnt, fügte ich hinzu.

Aber das sind Sie jetzt nicht. Wie schön.

Aber Sie können es mir ansehen, nicht wahr? Dass ich am Arsch bin.

Nein, sagte sie, aber ich möchte Ihnen gern zuhören. Ich muss Bescheid wissen über die Geschehnisse, die Sie anzeigen wollen.

Ja, sagte ich, aber schön ist das nicht.

Das ist mein Beruf.

Ich war Prostituierte, sagte ich, so als Small Talk, ehe wir richtig anfingen. Und ich habe versucht, mich umzubringen.

Wie alt waren Sie da?

Fünfzehn.

Sie müssen bei der Vernehmung alles erzählen, woran Sie sich erinnern können, und das kann eine ziemliche Belastung sein. Bei Strafprozessen werden hohe Ansprüche an die Beweisführung gestellt.

Ich habe nicht allzu viel zu bieten, sagte ich, im Krankenbericht steht ein bisschen was, er hat Bilder gemacht und ein paar SMS geschickt und ...

Sie sah mich an.

Bilder, von den Übergriffen?

Sie sagte, das müsste reichen. Meine Vorgeschichte sprach für sich selbst, es gab einen ganzen staatlichen Apparat, der seit Jahren meine Reaktionen bezeugen konnte. Die Vergewaltigungen waren über einen längeren Zeitraum begangen worden, auf eine »besonders kränkende oder schmerzhafte Weise«, und das würde sich strafverschärfend auswirken. Seine SMS und die Bilder, wenn er die noch hätte, wären von entscheidender Bedeutung. Es müsste reichen.

Liebste, sagte Kristine, wie war's?

Sie sagen, es müsste reichen, sagte ich. Je schlimmer die Geschichte, desto besser vor Gericht. Ich wünschte fast, er hätte mich umgebracht, dann könnte ich richtig was auf den Tisch knallen. Aber ich muss alles erzählen.

Die Einzelheiten wieder und wieder durchgehen. Das zwölf Jahre alte Mädchen ausziehen und auf den Tisch des Vernehmungsraums legen. Auf ihre Körperteile zeigen und sagen, dies ist passiert, und das ist passiert und jenes ebenfalls. Sie sezieren. Ihr Herz herausnehmen und das Wort betrachten, das sich darin eingebrannt hatte: MAMA.

Ich sah mich um und wurde zur Salzsäule. Der Vernehmungsraum war nackt, so nackt wie das zwölfjährige Mädchen, an das ich mich zu erinnern versuchte. Die Anwältin saß dabei und schwieg, ich wünschte, wir hätten die Rollen tauschen können, sie wusste viel mehr darüber, was ich erlebt hatte, als ich.

Äh, sagte ich. Äh, ich, nein, äh ...

Und dabei hatte ich in Norwegisch mündlich doch ein sehr gut.

Ich sah auf die Uhr an der Wand, hörte sie ticken, mein Mund war so ausgedörrt wie ich damals zwischen den Beinen. Ich nahm ein Glas Wasser vom Tisch, hielt es so fest, dass meine Hand wehtat. Das Glas war kalt. Ich trank. Spürte die Kälte in der Kehle. Ich versuchte, daran zu denken, was ich in der Traumatherapie gelernt hatte. Hier und jetzt. Kaltes Wasser. Glas.

Können Sie die Uhr an der Wand anhalten?, fragte ich endlich. Ich habe immer ein Ticken gehört und die Sekunden gezählt.

Während der Übergriffe?

Ich schluckte. Ja, sagte ich.

Im Zimmer gab es Filmkamera und Tonbandgerät, ich wünschte, ich könnte einfach meine Vergangenheit auf das Band brennen und weitermachen.

Ich verstehe ja, dass das schwer ist, sagte die Vernehmungsleiterin, aber können Sie versuchen, es zu beschreiben? Den ersten Übergriff.

Nein, sagte ich.

Erinnern Sie sich nicht?, fragte sie.

Doch, sagte ich. Das ist es ja gerade.

Ich weiß es noch, als ob es gestern gewesen wäre, sagen viele über ihre Erinnerungen. Bei einem Trauma ist das anders. Es ist nicht möglich, sich daran zu erinnern, denn es scheint immer gerade jetzt zu passieren. Man kann es nicht einfach an sich herankommen lassen, sortieren, differenzieren. Die Eindrücke sind zu brutal, zu extrem, zu unmittelbar. Fragmentiert. Chaotisch. In der Psychiatrie wollten sie, dass ich über die Einzelheiten spreche, um eine Geschichte mit einem Anfang und einem Ende herzustellen. Aber das konnte ich nicht. Ich hatte manchmal seine Hand vor dem Mund, dann plötzlich sein Geschlecht darin, und so war es noch immer.

Ich glaube nicht, dass ich das erzählen kann, sagte ich zu Kristine. Kann man eine Anzeige zurückziehen, weil man die Vernehmungen nicht erträgt?

Ich muss daran denken, wie ich mit Drogen aufgehört habe, sagte Kristine. Natürlich waren die Entzugserscheinungen grauenhaft, aber dazu kam, dass ich, seit ich sechzehn war, die Nadel immer benutzt hatte, um mich selbst zusammenzunähen. Als ich aufhörte, gab es tausend Dinge, die ich durch den Rausch verdrängt hatte, und die mich plötzlich bedrängten. Und ich brach zusammen. Du hast dich mit und ohne Rausch betäubt, abgeschaltet, eingesperrt. Aber jetzt bist du auf dem Weg zu etwas anderem. Vielleicht wirst du auch zusammenbrechen, ganz bestimmt wirst du im Vernehmungsraum losheulen. Du hast keine Ahnung, wie viel ich geheult habe, seit ich clean bin. Und ich bin froh darüber, froh über jede Träne, jede Angstattacke, jeden Beweis dafür, dass ich noch am Leben bin.

Zwei Tage Vernehmungen. Ich habe keine Ahnung, wie viele Kleenex dabei draufgingen. Ich stotterte, ich zitterte, ich blieb stecken, funktionierte nicht mehr, musste neu gestartet werden. Pausen. Wasser und Kaffee und Lutschtabletten, die für mich aus der Apotheke geholt wurden, weil mein Mund wie ausgedörrt war. Ich zeigte die Messengernachrichten, in denen ich Kristine alles erzählt hatte.

Ihre Mutter, sagte die Vernehmungsleiterin, hat die etwas mitbekommen?

Ich sah die Uhr an der Wand an. Sie zeigte fünf vor zwölf. Ich dachte an den Morgen in der Küche, vor acht Jahren. *Ich weiß, dass du weißt.* Das hatte ich gesagt, und sie hatte mir eine Schlaftablette gegeben. Ich dachte daran, wie ihre Hände zitterten, wenn sie die Pillendose öffnete, dass es immer eine halbe Stunde dauerte, bis sie wieder normal atmete. Die Abende, wenn sie im Bett lag und weinte, weil sie glaubte, sie sei verlassen worden. Wie bleich sie war, als sie ein schmerzstillendes Mittel brauchte und bei mir schlafen musste.

Mama schlief, sagte ich. Meine ganze Kindheit hindurch war sie immer so zugedröhnt, dass ich nicht glaube, dass sie viel mitbekommen hat.

Dann dachte ich daran, wie es hätte sein können. Wenn sie gefragt hätte. Wenn sie zugehört hätte. Wenn wir zum Arzt gegangen wären und meine Verletzungen und seine DNS-Spuren dokumentiert hätten.

Aber sie hat es gewusst, sagte ich.

Ich war jetzt seit zwei Jahren im Kirkevei und fast einundzwanzig. Ihn wiederzusehen. Was hatte ich erwartet? Ein Monster. Sein Gesicht war in meiner Erinnerung immer verzerrt. Ich hatte *ugliest man alive* gegoogelt und erwartet, ein Foto von ihm zu finden. Aber der Mann, den ich im Anzug vor Gericht sah, fast zehn Jahre älter, war noch immer schön. Klare blaue Augen, sanfte Züge. Ich weiß, dass ich ihn schon als Kind schön gefunden hatte. Dass ich in seiner Nähe sein wollte. Niemand kann behaupten, mein Wunsch wäre nicht in Erfüllung gegangen.

Er sah mich an. Nicht sexuell, eher ... voller Hass. Als ob ich ihm etwas getan hätte. Da passierte es. Da legte sich ein Nebel über den ganzen Gerichtssaal. Der Boden fing an zu schwanken. Mein Blick verschwamm, am Ende gab es nur noch Konturen, ich suchte Halt, ich spürte meine Hände nicht. Dann fing ich an, nach Atem zu ringen. Meine Anwältin führte mich aus dem Saal und ließ mich in eine Papiertüte atmen.

Das ist ganz normal, sagte sie. Sie haben eine Panikattacke. Versuchen Sie, in den Bauch zu atmen. Nehmen Sie ein Beruhigungsmittel.

Glauben Sie, wir können die Verhandlung für eine halbe Stunde unterbrechen, damit ich schnell in die Brugate laufen und ein Viertel Gramm Heroin kaufen kann?, frage ich. Ich könnte es auf dem Klo schnupfen.

Die Anwältin lachte, und ich hyperventilierte, und am Ende gingen wir zurück in den Saal.

Der Staatsanwalt verlas die Anklage. »Dem Beschuldigten wird zur Last gelegt, über den Zeitraum von einem Jahr die Geschädigte zu vaginalem, oralem und analem Verkehr gezwungen zu haben. Sie war damals zwölf bis dreizehn Jahre alt. Mehrmals hat er sie zudem gewürgt, der Geschädigten wurde schwindlig, und sie fürchtete um ihr Leben. Er hat zu einer Gelegenheit außerdem Oralsex an ihr vorgenommen.«

Ich sah ihn an. Was für eine sachliche Art, um über unsachliche Dinge zu sprechen. Erstens war ich nicht »geschädigt«, ich war wütend. In meiner Welt, mit meinen Worten, ging es hier darum, auseinandergerissen zu werden. »Es hat nicht wehgetan«, hatte ich in der Traumatherapie erzählt. »Vielleicht hat sich der Schmerz an einer anderen Stelle abgelagert«, hatte Monika gesagt, und mein Gesicht prickelte, als ob jemand mit einer Pinzette die Farbe aus der Haut zog, Pore um Pore.

Bekennen Sie sich schuldig?, fragte der Richter nach jedem Punkt der Anklage.

Nein, sagte Jonas. Nein, nein, nein.

Das, was ich niemals zu sagen geschafft hatte.

Der Staatsanwalt fuhr fort: »Die Geschädigte hat eine schwerwiegende psychiatrische Krankengeschichte und einen Selbstmordversuch als Fünfzehnjährige hinter sich, der angeblich auf die Übergriffe zurückzuführen ist. Bei ihr wurde ein posttraumatisches Stressleiden diagnostiziert. Auf dem Rechner des Angeklagten wurden Nacktbilder und sexualisierte Bilder der frühpubertären Geschädigten gefunden. Der Beschuldigte hat der Geschädigten zudem sexualisierte Nachrichten auf ihr Handy geschickt. Der Beschuldigte bekennt sich nicht schuldig.«

Im Zeugenstand standen ein Plastikglas, eine Kanne mit Wasser und eine Kleenexbox. Ausgedörrter Mund, triefende Augen, sie rechneten mit allem. Ich hatte zwei Sobril genommen. Ich war diskret geschminkt und trug einen sehr hohen Rollkragenpullover, der Kragen schloss fest um meinen Hals, und mir wurde schwindlig, aber vor Jonas wollte ich keinen nackten Hals zeigen, wollte nicht, dass er etwas von dem sah, an dem er sich vergangen hatte. Mir war angeboten worden, dass er auf einer Bank hinter mir sitzen könnte, damit ich ihn nicht sehen musste, aber ich wollte den Überblick haben. Ich hasste die Vorstellung, dass er meinen Mund sehen konnte, aber er sollte sehen, dass ich noch immer da war und hier vor ihm stand. Ja, ich zitterte vielleicht so sehr, dass alles überschwappte, als ich Wasser aus der Kanne in mein Glas goss, und ich musste den Tisch im Zeugenstand mit dem Pulloverärmel abwischen, aber ich hatte einen Mund, der noch immer sprechen konnte.

Ich war gerade zwölf geworden, fing ich an.

Meine Stimme war plötzlich dünn und zart wie die Stimme eines Kindes. Ich beugte mich näher ans Mikrofon. Ich war das alles wieder und wieder mit Kristine durchgegangen. Denk an Pappmaché, hatte sie gesagt. An Weidenmeisen. Slalomskier. Kochtöpfe. Egal was, wenn es nur nichts mit der Sache zu tun hat. Stell dir vor, dass du über eine andere sprichst. Es macht nichts, wenn du zusammenbrichst. Aber du musst deine Aussage schaffen.

Also stand ich da und dachte: Dieser Film läuft seit acht Jahren in meinem Kopf, darüber kann ich sprechen. Ich sah auf das Wappen mit dem Löwen und der Krone an der Wand über dem Richter und dachte, das hier ist die Justiz, das hier ist das Recht, das hier ist das Gesetz. Und ich fing an. Nicht ich sprach hier. Mein Mund machte das ganz von allein: Das konnte er ja. Der Beisitzer notierte, meine Wörter würden auf sauberem weißem Papier landen, sie würden das Blut zwischen meinen Beinen in Tinte übersetzen.

Die erste Vergewaltigung, fragte der Staatsanwalt, hatten Sie danach physische Verletzungen?

Ich blutete aus … ich fand Blut in der Unterwäsche. Ich habe sie weggeworfen. Ich wollte nicht … ich dachte, es würde dann irgendwie verschwinden.

Haben Sie jemandem von den Übergriffen erzählt?, fragte meine Anwältin.

Ich habe es meiner Freundin erzählt. Am Tag danach. Ich habe gesagt, ich hätte Sex mit einem älteren Mann gehabt.

Sie haben es also nicht als Vergewaltigung dargestellt?, fragte Jonas' Verteidiger. Wäre es nicht natürlicher gewesen, mit Erwachsenen zu sprechen, wenn Sie dermaßen traumatischen Dingen ausgesetzt waren?

Es gab keine Erwachsenen, mit denen ich sprechen konnte.

Es vergingen fünf Jahre, ehe Sie das erste Mal über die angeblichen Übergriffe sprachen, obwohl Sie so viel mit Psychiatrie und Jugendamt zu tun hatten und lange in Therapie waren. Davor haben Sie Übergriffe immer abgestritten.

Die Leute in der Psychiatrie und im Jugendamt haben gefragt, ob jemand mich physisch verletzt hätte. Aber ich habe doch fast nichts gespürt, die Schmerzen schwebten einfach aus meinem Körper hinaus. Sie haben gefragt, ob jemand mich gegen meinen Willen angefasst hätte. Aber ich hatte doch gar keinen Willen, der eine Rolle spielte. Ich dachte, das, was geschah, wäre meine Schuld. Ich wollte nicht, dass jemand davon erfuhr. Aber jetzt will ich es.

Sie hatten auch wegen grober Vernachlässigung zu Hause mit dem Jugendamt zu tun, und der Bericht der Jugendpsychiatrie betont, dass die posttraumatischen Symptome dieser Vernachlässigung geschuldet sein könnten. Könnte Ihre Kindheit, die Vernachlässigung durch Ihre Mutter, nicht ausreichen, um die Probleme zu erklären, mit denen Sie seit vielen Jahren ringen?

Das wäre sicher genug gewesen, sagte ich. Aber es kam ja noch mehr dazu. Das mit Mama war doch der Grund, warum es so scheißschwer – Entschuldigung, so schwierig war, über die Übergriffe zu sprechen, während sie passierten, danach haben Sie mich vorhin ja gefragt. Das mit Mama erklärt eigentlich alles, denn bei uns wimmelte es immer von Pillen und Männern und allem Möglichen, und weil es zu Hause keine Kontrolle gab, ist das alles mit mir passiert.

Aber jetzt sind Sie zwanzig, Sie gehen zur Schule, und hinter Ihnen liegt eine Karriere mit Drogen, Psychiatrie und Jugendamt. Sie arbeiten nicht. Gibt es einen Grund, warum Sie jetzt Anzeige erstattet haben? So eine Entschädigungszahlung könnte doch eine ziemliche Hilfe sein, wenn wir bedenken, wie wenig Sozialhilfe Sie beziehen.

Jetzt hör aber auf, du Arschloch, dachte ich.

Ich habe genug Geld, um mich hier nicht wie eine Kriminelle fühlen zu müssen, schließlich werde ich doch schon seit acht Jahren dafür bestraft, sagte ich. Ich begreife auch nicht, wo Sie hier die Logik sehen, glauben Sie, ich hätte mit zwölf Jahren Jonas dazu gebracht, Nacktbilder von mir zu machen, damit ich acht Jahre später eine Entschädigungssumme kassieren könnte?

Sie dankten mir für meine Aussage, und ich stand schwankend da, und meine Anwältin kam und half mir zurück an meinen Platz.

In der Zeitspanne vom 6. Februar 2009 bis zum 13. Februar 2010 führte der A in (Adresse) regelmäßig bei der Tochter, geb. 30.1.1997, seiner Lebensgefährtin B, unter Zuhilfenahme von Drohungen und Gewalt sexuelle Übergriffe und Vergewaltigungen aus, vgl. Strafgesetzbuch § 195, 1. Abschnitt,

Pkt 2. In einem Fall führte er bei ihr Oralsex durch. Zudem sandte er ihr sexuell kränkende Nachrichten über begangene oder geplante Übergriffe, vgl. § 390 a.

In der Familie war vieles nicht so, wie es sein sollte, sagte Jonas. Charlotte legte ein Verhalten an den Tag, auf das ich reagierte. Aber das ist noch lange nicht dasselbe wie ein Übergriff.

Ich bring das nicht, dachte ich und sah meine Fingernägel an. Sie waren oben rissig, ich hätte sie besser feilen können. Aber die Farbe, ein Blassrosaton, den ich bei H&M gekauft hatte, war schön. Interessant, wie viele Schattierungen von Blassrosa es gibt, dachte ich. Wie die Brustwarzen einer Zwölfjährigen auf einem Bild im Handy. Ich hatte Kotze im Mund, nahm das Plastikglas, gab vor zu trinken, und spuckte sie hinein, sah zu, wie sich das klare Wasser und das trübe Erbrochene miteinander vermischten.

Sie war herausfordernd, ausagierend, sexuell aufdringlich und sah älter aus, als sie war. Das hat mich erregt. Ich habe ihr einige SMS geschickt. Es waren Fantasien, mehr nicht.

Sie waren sehr stark, sagte meine Anwältin. Sie haben bei Ihrer Aussage geweint, aber Sie haben nicht aufgegeben.

Hä, sagte ich, ich habe nicht geweint.

Ich betrachtete mein Gesicht im Spiegel. Die Wimperntusche war über meine Wangen gelaufen.

Wahrscheinlich hab ich mir die Augen gerieben, sagte ich.

Das war vielleicht die stressigste Situation, in der Sie seit den Übergriffen gewesen sind, sagte sie. Kein Wunder, dass Sie nicht ganz Sie selbst sind.

Ich will aber ich selbst sein, sagte ich. Ich will wissen, was ich fühle, wenn ich es fühle.

Das verstehe ich, sagte sie. Es muss hart gewesen sein, seine Aussage zu hören.

Mein Gesicht im Spiegel war so blass, dass sie ihn fast auch noch wegen Mordes anklagen könnten.

Er durfte nicht so viel Scheiß über mich erzählen, ohne dass ich es hörte, er durfte nicht sagen, ich hätte mir alles ausgedacht, und er sei unschuldig, ohne dass ich ihn anstarrte. Ich wollte ihn zum Zusammenbruch bringen.

Sie lächelte.

Sie sind stark, Charlotte, sagte sie.

Was bleibt mir anderes übrig, sagte ich, bat um Entschuldigung, ging in die Toilette, erbrach mich dreimal, brachte meine Schminke in Ordnung und lutschte eine Pfefferminzpastille.

Eine Schulfreundin sagte aus, die Geschädigte habe sich ihr mit zwölf Jahren wegen der Übergriffe anvertraut, gleich nachdem diese begonnen hatten. Diese Freundin und die Geschädigte hatten mit fünfzehn Jahren zuletzt Kontakt. … Sie war achtzehn, als sie innerhalb ihrer Therapie anfing, über die Übergriffe zu sprechen.

Zweiter Verhandlungstag. Ich hatte Mama seit fast fünf Jahren nicht gesehen. Sie war nicht mehr hübsch, und als sie den Gerichtssaal betrat, sah ihr Gesicht verhärmt aus. Aufgedunsen. Ihr Haaransatz war grau. Keine Farbe in den Wangen. Wer war sie, wenn sie nicht hübsch war, fragte ich mich. Und dann: Wer würde *ich* an dem Tag sein, an dem ich nicht mehr hübsch wäre? Sie hatten Glück, die Frauen, die niemals schön gewesen waren, sie hatten sich vielleicht eine Persönlichkeit zugelegt.

Mama ging mit unsicheren Bewegungen in den Zeugenstand, ihre Stimme schleppte sich hinter ihr her.

Nein, ich kann nicht glauben, dass Charlotte Übergriffen ausgesetzt gewesen ist, sagte sie. Jonas war damals mein Freund. Aber Charlotte ... ich weiß nicht. Etwas ist passiert. Jungs, Partys, ihre Kleidung änderte sich. Wurde immer mehr wie meine. Als ob sie aussehen wollte wie ich. Ihn mir wegnehmen.

Hatten Sie Grund zu der Annahme, dass sie das versuchte?

Nein, ich weiß nicht, da war etwas ... er hat ihr Zigaretten gegeben. Ich weiß nicht ... was passiert ist ... ich kann es nur nicht glauben. Ich kann es nicht glauben.

Haben Sie jemals bemerkt, dass er nachts nicht im Zimmer war?

Ich habe viel geschlafen, sagte sie. Manchmal war er vielleicht nicht da. Ich weiß nicht, wo er war. Ich habe nicht nachgesehen.

Marianne von der Kinder- und Jugendpsychiatrie sagte aus. Lars, mein Lehrer von der Grundschule. Meine Psychologin aus dem Therapiezentrum. Alle erzählten dasselbe: von einem Mädchen, das überall Spuren hinterließ. Lila Lippenstift am Plastikglas im Büro der Psychiatrie, einen schwarzen Akrylnagel auf dem Tisch im Klassenzimmer, eine leere

Pillenschachtel im Mülleimer. Eine, die überall Spuren hinterließ, weil sie eigentlich nicht da war: immer weit weg, immer auf dem Weg durch Schlüssellöcher oder Risse in der Wand. Ich war klein, dünn und durchsichtig. Verschwand rasch. War viel zu gut zu sehen.

Eine Woche seit der Verhandlung. Ich habe jede Nacht von demselben Gesicht geträumt. Es war nicht das von Jonas.

Nein, ich kann nicht glauben, dass Charlotte Übergriffen ausgesetzt gewesen ist.

Eine Spirale der Gewalt. Zuerst die Gewalt, die darin lag, dass ich niemals angefasst wurde. Ein Kinderherz im freien Fall. Das Geräusch von Schritten, die durch den Flur gehen, die Wohnungstür, die ins Schloss fällt. Eine Haut, die hungrig und allein ist. Warten, warten, warten. Hier. Weit weg.

Und dann ist sie wieder da. Hier.

Augen, die sich schließen, ein Körper, der sich im Bett wegdreht. Weit weg.

Ich nahm zwei Sobril und wählte die Nummer, die immer in meinen Fingerspitzen steckte.

Hallo, sagten die Schlaftabletten, bist du das?

Ja, sagte ich, kann ich nach Hause kommen? Oder schläfst du?

Ich schlafe immer, sagte Mama, aber ich kann eine kleine Pause machen.

Kristine und ich fuhren mit der Bahn nach Veitvet. Ich hatte Mama bei den Gesprächen in der Psychiatrie und dem Jugendamt und vor Gericht gesehen, auf Skype, wenn sie dort auftauchte. Mit Papieren oder Zeugenstand oder Computerbildschirmen zwischen uns. Kristine legte in der Bahn den Arm um mich, Leute sahen uns an, nicht weil wir zwei Frauen waren, sondern weil wir aussahen wie eine Frau und ein Kind. Ich klammerte mich an sie, als ob sie plötzlich verschwinden könnte und ich allein in der Bahn sitzen und den Weg nach Hause nicht finden würde, wie kam ich nur auf die Idee.

Ich fuhr zurück zum Tatort. Wie eine Verbrecherin, die einfach nicht wegbleiben kann. Ich sah die Klingel, da stand immer noch mein und Mamas Name. Alles war wie immer: die Übelkeit, das Ohrensausen, der Schwindel. Ich zählte bis drei und drückte. Die Gegensprechanlage rauschte.

Ich bin's, sagte ich. Ich ging die Treppe hoch, und alles war wieder da. Der Geschmack von Kotze, das Geräusch der Türklingel.

Hallo, Herzchen, sagte sie und breitete die Arme aus, ich war nicht ihr Herzchen, ich umarmte sie nicht. Sie roch nach Nikotin und altem Escada. Wir gingen in die Küche. Neben der Spüle stapelte sich das schmutzige Geschirr, im Spülbecken war kein Platz.

Fühlst du dich nicht einsam hier, so allein?, fragte ich.

Aber wieso, da stehen doch so viele Teller, das sieht aus, als hätte ich ein Fest gefeiert.

Sturmfreie Bude. Damit kennst du dich ja aus. Ich verstehe, dass du krank bist. Ich verstehe, dass du es nicht viel besser machen konntest, als ich klein war, du musstest so viel verbergen. Aber vor Gericht hast du nichts gesagt. Von dem, was du wusstest.

Ich wusste nichts.

Natürlich, dachte ich. Sie wusste nichts. Und ich wusste alles über nichts.

Kannst du es nicht einfach zugeben? Nur mir gegenüber? Es wäre mir so verdammt wichtig.

Mama starrte die Tischplatte an. Als ob die wichtiger wäre als unser Gespräch. Sechs Jahre in der Psychiatrie hatten mich eins gelehrt: dass man aus einem Riss in einer Tischplatte unendlich viel herausholen kann, ich konnte zum Beispiel hindurchrutschen, weg von dem, was mich ins Sprechzimmer geführt hatte.

Du verstehst doch, dass ich damit nur schwer umgehen kann?, fragte Mama endlich. Er war mein Freund. Du bist meine Tochter.

Nein, sagte ich. Er war nicht dein Freund. Er ist meinetwegen bei dir geblieben.

Mama fing an zu weinen, wild, hemmungslos, wie ein verletztes Kind.

Nicht weinen, sagte ich. Wenn du mich gefragt hättest, was wirklich passiert ist, hätte ich zum Arzt gehen und ihm die Wunden an meinem Unterleib und noch Schlimmeres zeigen können, und ich hätte mich nicht acht Jahre lang fragen müssen, ob es meine Schuld gewesen ist.

Musst du das so brutal sagen?, fragte Mama. Was glaubst du wohl, wie leicht *meine* Kindheit eigentlich war? Der Missbrauch hat nicht erst mit den Pillen angefangen, um das mal so zu sagen.

Musst *du* das so brutal sagen?, fragte ich. Das hier ist kein Wettbewerb.

Mama wischte sich mit dem Pulloverärmel die Tränen ab.

Weißt du was? Ich hätte wirklich alles anders gemacht. Aber ich wusste nicht, ich konnte nicht – *ich wusste nicht, was ich machen sollte.*

Etwas wäre ein Anfang gewesen.

Ich wusste nicht, was ich machen sollte.

Nein, dachte ich, das wusste keine von uns. Ich habe mich hingelegt, so wie Mama mir das beigebracht hatte, und soweit ich eine Wahl hatte, habe ich es passieren lassen, ich habe es weitergehen lassen, weil *ich von Jonas mehr Liebe bekommen habe als jemals von dir.*

Ich habe getan, was ich getan habe oder was ich nicht getan habe, sagte Mama. Und wir können jetzt nichts mehr daran ändern.

Ich stand auf. Mama blieb sitzen. Ich spürte die Übelkeit und stürzte zur Toilette, ich erbrach mich so heftig, dass es in den Ohren rauschte, ich war zwölf, ich war zehn, ich war sechs. Ich erhob mich, ich wusch mir das Gesicht, ich nahm Zahnpasta in den Mund, um den Geschmack loszuwerden. Ich war zwanzig. Ich ging hinaus.

Im Gang lagen Mamas Lederhandschuhe auf einem Stuhl. Ich nahm einen und steckte ihn ein.

Kristine saß vor dem Block auf einer Bank und rauchte. Sie sprang auf, umarmte mich. Ich zitterte. Sie führte mich zur U-Bahn, und ich folgte ihr.

Die Verhandlung war zwei Wochen her. Die Anwältin rief an. Ob ich in ihre Kanzlei kommen könnte. Sie stellte mir Kaffee hin, und ich starrte sie nur an, wollte die Papiere sehen.

A., geb. 3.10.1974, wird verurteilt wegen Verstoß gegen das Strafgesetz (1902) § 195 1. Abschnitt zweite Strafmöglichkeit und Strafgesetz (1902) § 199 erster Abschnitt sowie Strafgesetz (1902) § 2 erster Abschnitt zu 6 – sechs – Jahren Haft.

A. wird dazu verurteilt, B, geb. 30.1.1997, eine Entschädigungssumme von 175 000 – einhundertfünfundsiebzigtau-

send – Kronen zu bezahlen, vgl. Schadensersatzgesetzgebung § 3-5 erster Abschnitt Buchstabe b) sowie § 3-3. Die Zahlung wird fällig zwei Wochen nach Verkündung des Urteils.

Ich erhob mich und holte mein Telefon heraus. Ich wählte Kristines Nummer.

Kristine wartete draußen auf mich. Sie küsste mich. Wir gingen ins Tullins. Die Kellnerin kam, und Kristine bat um zwei Glas Cava.

Wir feiern, sagte ich. Ich habe soeben einen Prozess gewonnen. Gegen meinen Übergreifer. Er hat sechs Jahre bekommen.

Oi, sagte die Frau. Dann bekommt ihr eine Flasche aufs Haus.

Der Cava kam auf den Tisch, ich leerte das Glas in einem Zug, und Kristine mahnte zur Ruhe.

Wir trinken, um zu feiern, sagte sie, und nicht, um alles noch schlimmer zu machen.

Wie in aller Welt trinkt man, um zu feiern?, fragte ich und goss wieder ein.

Ich leerte das Glas, und Kristine schob die Flasche weg.

Das reicht jetzt, Charlotte.

Der Rausch stieg mir in den Kopf, es perlte, mein Gesicht war heiß, und ich war unbesiegbar. Ich war so unbesiegbar, so stark, so siegreich, dass ich losweinte wie ein kleines Mädchen. Ich schluchzte, und die Leute drehten sich um. Kristine nahm meine Hände.

Jetzt gehen wir nach Hause, sagte sie.

Ich wusste nicht, ob es der Rausch war oder weil meine Beine zitterten, jedenfalls konnte ich nicht gehen. Kristine musste mich stützen, bis zu ihrer Wohnung, wo ich ins Bett fiel, und sie fiel neben mich, wir lagen angezogen da und hielten uns im Arm. Ehre. Gerechtigkeit. Vergeltung. Das waren große Wörter. Zu groß für mich.

Du hast es geschafft, sagte sie.

Wir haben es geschafft.

Ich war so froh, dass alles vorbei war, das könnt ihr mir glauben, es war schön, sie umarmte mich, und ich weinte. Dann wandten wir uns einander zu. Nicht der Haut oder dem Körper, sondern einander. Es gab keinen Bedarf nach Rausch, nicht danach, aus der Zeit zu fallen, die Rolle einer anderen einzunehmen. Wir atmeten so still wie Blätter, die zu Boden fallen. Niemand durfte uns hören, nicht einmal die Wände. Wir flüsterten ohne Wörter über das, was wir einander gelehrt hatten: dass man zu einem Menschen werden konnte. Dass es ein Fenster gab, aus dem man blicken konnte, dass wir aufstehen konnten, einen Fuß vor den anderen setzen, gehen. Ich hatte mich betrogen, aber jetzt wollte ich üben, uns beiden treu zu sein.

Du musst ganz schön viel Unglück durchgemacht haben, um so glücklich zu sein wie ich jetzt gerade. Um zu wissen, dass du nichts anderes brauchst. Nichts anderes als die Zigarette nach einer Angstattacke, wenn sich das Herz beruhigt hat. Als deine Hände, wenn der Rest deines Körpers stumm und gelähmt ist. Als den Hals deiner Liebsten, der nach Shampoo und Lederjacke riecht. Sollen andere Rasierklingen und Pillen und Drogen sammeln. Ich kann mir das nicht mehr leisten. Ich habe einen Schulplatz und eine Sozialwohnung und Geld vom Sozialamt. Ich habe eine Orchidee auf der Fensterbank, mit Blättern in allen Nuancen von Lila. Also erzähl mir bloß nicht, das sei nicht gut genug. Komm mir nicht mit deinen Parametern für Glück. Sag nicht, es gehe darum, die Nächte durchzuschlafen oder Arbeit zu haben oder den Zahnschmelz nicht zu ruinieren, weil man vor Angst zu viel gekotzt hat. Das interessiert mich nicht. Lass mich in Ruhe mein kleines Leben leben. Lass mich zufrieden sein.

Ich war in vielen Einrichtungen, auf vielen Stationen, aber in meinem Kopf gibt es noch viel mehr Fraktionen: die Abteilung für Wut, die Abteilung für Angst, die Abteilung für das Kind und das Herz, die mit Ziffern- und Sicherheitsschloss verrammelt war. Es ist eine traurige und schmutzige Geschichte. Ich will sie nicht mehr. Ich schreibe sie hier am Computer auf, sodass alle Angst blau vom Bildschirm leuchtet, statt in meinen Knochen zu zittern. Es war einfach zu viel Hässliches und Ekelhaftes für ein Kind, zu viel, um sich allein daran zu erinnern. Also, hier ist sie. Tut mir leid.

In der Traumatherapie hatten sie gesagt, ich solle meine Hände ansehen, wenn die Erinnerungen kämen, sehen, dass es die Hände einer Erwachsenen seien. Dass ich nicht für immer zwölf sein würde. Ich hatte meine Hände betrachtet und die Narben von damals gesehen, als ich sie gegen die Wand geschlagen und die Hand auf eine Kochplatte gelegt hatte, ohne es zu merken, und an all das gedacht, was sie getan hatten: Hosenschlitze und Pillendosen und Flaschen und Institutionstüren geöffnet. Ich hatte nie daran gedacht, dass sie zu anderem benutzt werden könnten, als zu zerstören. Die Erinnerungen kamen, und ich sah meine Hände an und dachte, dass Mama und Jonas mich zur Hälfte zerstört hatten, und danach hatte ich den Rest zerstört. Jetzt wusste ich, dass die Hände über die Haare an Kristines Nacken streichen konnten. Das Leder ihrer Jacke berühren, den Spalt zwischen T-Shirt und Hose, wo der Bauch hervorblitzt. Morgens eine Kaffeetasse und eine Zigarette halten, in der großen Pause ein Eis von McDonald's, eine Tasse Kaffee nach einem Essen, das wir nicht gekocht hatten. Auf irgendeine Weise bringen wir die Nächte hinter uns. Und das ist nicht wenig. So viel habe ich nicht, dachte ich. Aber ich habe meine Hände. Das ist ein Anfang.

DANK

Ich möchte mich bei Lines Minnefond für die Hilfe bei der Arbeit an diesem Buch bedanken. Es waren umfassende Recherchen nötig, und ich danke Anne Bitsch, Cathrine Grøndahl, Turid Håkedal, Jorunn Greiff Solli, Jon Siverts und Jan Storø für ihre Kommentare und ihre Hilfe. Ein besonderer Dank geht an Julian Ofsdal Berg und Finn Skårderud. Alle Fehler und Mängel fallen natürlich in meine Verantwortung. Schließlich danke ich noch meiner kompetenten Lektorin Benedicte Treider für ihren furchtlosen Umgang mit diesem Manuskript.

QUELLEN

Die Zitate auf Seite 6, 57, 110, 133 und 141 sind aus dem Lied »Doll Parts« von Hole auf dem Album *Live through this.*

Das Zitat auf Seite 60 ist aus dem Lied »Rape me« von Nirvana, auf dem Album *In Utero.*

Das Zitat auf Seite 64 ist aus dem Buch *Valley of the Dolls* von Jacqueline Susann.

Das Zitat auf Seite 93 ist aus dem Lied »Nobody's Daughter« von Hole auf dem Album *Nobody's Daughter.*

Das Zitat auf Seite 112 ist aus Hjalmar Söderbergs *Doktor Glas.*

Das Zitat »Erst kommt das Fressen, dann kommt die Moral« auf Seite 139 ist aus Bertolt Brechts Liedtext »Ballade über die Frage: Wovon lebt der Mensch?«.

Das Zitat auf Seite 160 ist frei nach Charles Baudelaires Gedicht »Gleichviel wo auch – außerhalb der Welt« aus der Sammlung *Der Spleen von Paris.*

Das Zitat auf Seite 198 ist aus Lars Saabye Christensens Gedicht »Det barn du var skal du aldri bli« aus der Gedichtsammlung *Jaktmarker.*

Das Zitat auf Seite 216 ist aus »This is to mother you« von Sinéad O'Connor auf dem Album *Gospel Oak.*

AMANDA LEE KOE

Ministerium für öffentliche Erregung

Storys

Aus dem Englischen von Zoë Beck. Hardcover. CulturBooks Verlag.
240 Seiten. 22,00 Euro. ISBN 978-3-95988-018-3.

Amanda Lee Koe betrat die Bühne der Weltliteratur mit einem Knall: Das Debüt dieser jungen Autorin wurde mit zahlreichen Preisen und Nominierungen bedacht und unter die 10 besten Bücher Singapurs der letzten 50 Jahre gewählt.

Geschichten wie ein Schlag, wie ein Herztreffer, ein Hieb, der den Zentralmuskel des Gefühls für einen kurzen Moment aus dem Takt bringt und wilde, aufregende Wahrheiten offenbart.

»Der Shootingstar der Literaturszene.«
Cornelia Zetzsche, BR

CulturBooks Verlag